蒼山 螢

後宮の炎王 弐

実業之日本社

JN061965

実業之日本社文庫

目次

後宮の炎王 人物相関図

国 こく

妻 ── 舞元（ぶげん）宗主

舞元 ── 舞光（ぶこう）次期宗主
舞元 ── 光鈴（こうりん）双子の姉
舞元 ── 羨光（せんこう）双子の弟

銀葉（ぎんよう）医者
雪葉（せつよう）医者

銀葉（父娘）雪葉

雪葉 ⇔ 舞光〈恋仲〉

舞元 → 引き取る → 銀葉

義兄弟：舞光・光鈴・羨光

翔啓（しょうけい）幼い頃の記憶がない

過去に何かが？

沁氏（じんし）[流彩谷]

悠 永 ゆうえい

悠永城 後宮

皇帝 — 栄凜［えいりん］ 皇后
病弱

悠永城 侍医殿

智玄［ちげん］ 皇太子

崔［さい］ 医者

弐情［にじょう］ — 参良［さんりょう］ 師弟

留以［るい］

仕える

支配

静羽［せいは］ 「皇后の剣」 女の姿で後宮に

涼花［りょうか］ 友人

慕う

側近

灯氏 ［紅火岩山］［とうし］

※十年前に滅亡

妻 — 宋静［そうせい］ 宗主

嵐静［らんせい］ 灯氏長男

同一人物

慕う

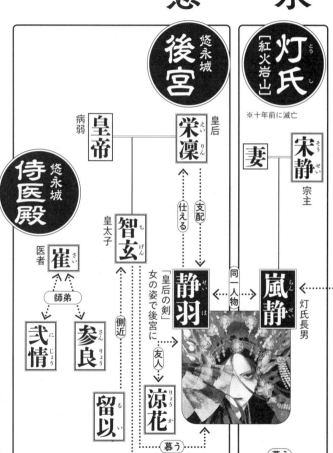

第一章　命令

瑠璃《るり》色の水は眠り続ける記憶を静かに湛《たた》える。

火傷《やけど》はだいぶ癒えてきた。腹の傷も塞がり顔色もよくなった。しかし、彼はまだ深く意識を沈ませて呼びかけには反応しない。

あれから幾度も朝日と夕焼けのひと時を一緒に過ごしている。

雪解けが進み、もうすぐ桜の花が咲く。今朝は髪を梳《す》いてやった。

話をしたかった。十年のあいだの話を。その前のことも。揺すり起こしたい衝動に駆られるが、急ぐことはない。もう耐え忍ぶこともないのだから。

十年前、翔啓《しょうけい》と嵐静《らんせい》の運命は捩《よ》じれて歪《ゆが》み、燃えさかる炎に包まれ分かれ、そしてまた繋《つな》がった。

「今朝もよい天気だ」

そうだな。

声が聞こえた気がして振り向く。

記憶の中で揺れる友の穏やかな笑顔を重ねた。

＊　＊　＊

「助けて！　私はどうなってもいいから翔啓を助けてください」

どうなってもいいなんて言うな。

聞こえてくる悲痛な叫び声。嵐静を止めたいのに、体が動かない。激痛で意識が遠のきそうなのを、翔啓は必死で繋ぎとめていた。瞼《まぶた》を開けていることさえもままならない。

細く目を開けると、泣きながら叫んでいる嵐静の顔が見えた。

「らん……せい」

血だらけじゃないか。翔啓の手を握って、叫んで、頭を下げている。

涙で濡《ぬ》れる嵐静の瞳は赤く染まっていた。まるで悲しみの火を噴いているようだ。

「お願いします。なんでもする。皇后陛下の言うとおりにしますから、だから翔啓を手当てしてください。彼だけは助けてください」

命乞いはふたりのためじゃないのか？　だめだ。僕だけ助かるなんて。

「私はどうなってもかまわないから！」

少しだけ首を動かすと、垂《た》れ衣《ぎぬ》の隙間から皇后が見えた。冷たい笑顔で嵐静の訴えを聞いている。嵐静は何度も何度も「翔啓を助けて」と叫ぶ。

自分の胸から大量に出血しているのはわかる。痛みで動くことができない。抱かれた嵐静の胸からも血が止めどなく流れているというのに。

「助けてください」

嵐静、もういい。その傷に触れようとしたとき、何者かに嵐静の腕から引き離された。

「や、だ」

ごぼ、と口から血が溢《あふ》れ言葉がうまく出ない。翔啓の体を抱きあげたのは兵士だ。兵士は皇后に翔啓の様子を見せて「意識があります」と言った。

「連れていけ」

皇后の命令に兵士は従い、翔啓を馬車へと運んだ。兵士は翔啓を馬車の座席に寝かせると「しぶといやつだな」と苦笑した。馬車にもうひとり兵士が乗り込んできて「止血してやれ」と命令されている。

「嵐静のところへ……戻して」

「それはできない。いいか、手当てはするが、お前が死ぬならそれは運命だ」

「ぼ、ぼく」

「おい、ぼうず。あいつの声が聞こえるか？」

外の音が翔啓に聞こえやすいように、兵士は馬車の物見窓を開けた。

「なんでもすると言ったな。嵐静」

「お……お約束します……皇后陛下の御為《おんため》にこの命を」

嵐静。やめて。なにをするつもり？

「その言葉を忘れるな」

わかりました、なんでもします。何度も悲痛な声が響く。兵士が翔啓の手を握ってくる。

「返事をしろ。聞こえたか？」

「聞こえる」

「じゃあ生きろ」

兵士は物見窓を閉めた。

あそこへ助けに行きたい。彼を連れて遠くへ逃げたい。この兵士も皇后も斬って殺して、復讐《ふくしゅう》してやりたい。体が動かないんだ。再び嵐静の叫び声が聞こえてきた。

「翔啓を殺さないで」

嵐静、待っていて。必ず会いにいくから。

＊　＊　＊

「おい。私の話を聞いているのか？　翔啓！」

名を呼ばれて顔をあげると、智玄《ちげん》が不機嫌そうに頬杖《ほおづえ》をついてこっちを睨《にら》んでいた。

「は……はい。殿下、もうしわけありません」

「うわの空だなぁ」

大きなため息をついて、智玄は「あーあ」と机に突っ伏した。

静羽《せいは》と別れたあの秋祭りからひと月が経ち、季節が進もうとしている。

智玄に再び呼び寄せられ、翔啓は手土産と薬を携えて悠永《ゆうえい》城へ参内している。智玄は少々落ち込んでいる様子だが体調が悪いわけではないらしい。そこは安心した。

智玄が静羽のことを諦めれば、また危険を冒すようなこともないだろう。

秋祭りで出し物をする都の劇団に紛れて後宮に忍び込んで、そして智玄とはぐれた。さっきまで、智玄からそのことで責められ、どう誤魔化そうか必死だったのだ。

静羽と一緒だったとは言えない。翔啓は静羽の手によって、後宮の壁のからくり扉から外に出された。そのときのことが、鮮明に思い出される。

「だからね。あの日、翔啓とはぐれてからのことだよ」

「そうでしたね」

「聞いてなかったのか?」

智玄は「あったよ」とため息をついた。

「浄楽堂《じょうらくどう》には、ちゃんと静羽の名があったよ」

「そ、そうなのですか」

「翔啓と一緒に行けなくて残念だけれど、私が確認してきた。間違いない」

後宮に身を置く女子は亡骸《なきがら》さえ出ることは許されない。名家出身で身寄りがあるか、妃ともなればまた話は別らしいが、静羽は表に出ない存在にもかかわらず浄楽堂に名があった。それなりの供養をされた、ということなのだろう。

このまま静羽は死んだことにしておいたほうがいい。

宋静《そうせい》は私の父だ。

何度も彼の言葉が耳の奥で繰り返される。花火の音に交じって聞こえてきた途切れ途切れの言葉、花火に照らされる赤味のある瞳。

彼は静羽と名乗り女子として後宮で生きてきた、灯《とう》嵐静だ。

「静羽へ花を手向けることができればいいのですが、なにぶん俺は部外者ですので」

悠永国の東西南北それぞれの友人に会いに出かけるのと違う。ここは悠永城、嵐静がいるのは皇帝の後宮だ。

智玄に気づかれないように、そっとため息をつく。

「……もうあまり勝手をしてはいけないな。きっと静羽の魂が悲しむ」

智玄は胸を組み瞼を閉じる。

嵐静が後宮にいる理由が「唯一の友は健やかでいられる」だという。どういうことなのか、翔啓は理解ができないでいる。

「殿下。静羽の出自である灯氏のことなのですが」

「ああ、城の蔵書から岩香熱《がんこうねつ》の書物を読み漁《あさ》ったが、めぼしいことは載っていなかった」

「十年前にその岩香熱が蔓延《まんえん》して灯氏全員が亡くなったのです。しかし、どこにも詳しく書かれておらず、城の書物にさえ詳細がない」

「沁《しん》氏のように大きな一門ではなかったからなのかも」

「たしかにそうですが、人数の多い少ないは無関係かと」

「私とはじめて会った時、静羽は知られたくなさそうにしていたな」

智玄の言うとおりだ。でも、十年前に消えた灯氏の記録を知ることが、嵐静だけが残され後宮にいることに繋がるような気がしてならない。

「俺には、灯氏のことがまるで歴史から黒く塗りつぶされているように思えてならないのです」

「そんなに大きな問題だろうか。翔啓の思い過ごしじゃない？」

「灯氏を知ることが静羽の弔いになるのかもしれない。俺にできることはそれぐらいで……」

智玄に対して、心を誤魔化すのが苦しい。歴史がどうとか、弔いになるとか、それらはひとつの理由にすぎない。

嵐静をあそこから出してやりたい。ただそれだけなのだ。

「翔啓、やはり悲しいな。夜、ふと静羽を思い出すと涙してしまう」

「……はい」

智玄はよほど静羽を慕っていたのだな。

まだ女子と思っているのだから、もしかしたら恋心に近いのかもしれない。

「親しい友の死というのは辛《つら》いものだな。一番の側近が水虫で死んだときはこれほど悲しくはなかった」

「み、水虫ですか」

「そう聞いたよ。たしかに水虫は辛いな」

おそらく死因は違うような気がするが。側近がどのような人物だったかは知らないが、それほどに智玄にとっても静羽は心惹かれる友人だったということだ。

「翔啓よ。たまにこうして、静羽の話をしよう」

「殿下がお望みでしたら」

「翔啓が嫌じゃなかったら。短い間だったけれど、私を守り世話してくれた。翔啓も私と同じ思いならば、せめて静羽を忘れないでいてやろう」

「我々がこっそり話をするぶんには、お咎《とが》めはないでしょう」

静羽という偽りの姿を脱いで、嵐静としてならばこの場にいて話をできるだろうに。後宮内に彼はいまもいるのに、あの高い壁を乗り越えて会いにいくことは叶《かな》わない。

やはり元気のない智玄が心配でもあるけれど、薬を届ける役目も果たしたので、智玄に別れを告げて、翔啓は悠永城をあとにした。

舞光《ぶこう》が言っていた「灯氏に友がいたのではないか」というのが記憶違いでなければ、それは嵐静のことなのではないか。

かつて灯氏にいた翔啓の友。宋静は嵐静の父。嵐静には唯一の友がいる。だとしたら、嵐静が後宮にいることで救われているのは翔啓自身ということにならないだろうか。そう考えると目眩《めまい》がしてくる。嵐静は翔啓の胸に傷があることを知っている。

なぜ救わなければならない？

自分の名を手のひらに書いてみる。

新しい名に友の文字を貰《もら》ったと彼は言った。望みどおり心は青空を翔《か》けることができたのだろうか。静羽と名を変え、あの高い壁で切り取られた空を眺めながら、なにを思っただろうか。

流彩谷《りゅうさいこく》へ戻ったのは夕暮れ時だった。翔啓は自室で支度をして、再び屋敷を出た。御者をつけずひとり馬を駆って向かったのは、銀葉《ぎんよう》と雪葉《せつよう》の屋敷である。

歴史書にもどこにも知りたいことが書かれていないなら、古い記憶を辿《たど》るしかない。子供のころの記憶がない翔啓には、頼るところが限られる。

門を潜《くぐ》り、庭を目いっぱい使った薬草畑を抜けようとした。すると、屈《かが》んで畑仕事をしていた銀葉が立ちあがった。

「若様」

「銀葉先生！　こんばんは」

「戻られたんですね。珍しいですな。翔啓様がおひとりでここへ来るとは」

「銀葉先生に都の甘味を持ってきたんですよ」

「それはありがたい」

どうぞ中へ、と客間へとおされた。

晩秋ともなると朝晩冷える。客間は火鉢が焚《た》かれて温かくされていた。雪葉の仕度だろうか。

「雪葉先生はおでかけですか？」

「麓の街へと用足しに。帰りに舞光様のご様子もうかがってくるとか。若様は雪葉に用事がおありでしたか？」

そのまま舞光と夜明けまで一緒にいればいいのに。そんなことを言ったら銀葉に叱られるだろうが。

「いいえ。銀葉先生に話があって来たんです」

「私に話と。なんでしょう」

「ちょっといま俺、調べものをしているのですが、書物などには記録がなく、銀葉先生の記憶が頼りなんです」

「この老いぼれの記憶が若様のお役に立ちますでしょうか」

銀葉は白髪の山羊《やぎ》みたいな風貌で、ゆったりとした動作で茶を淹《い》れてくれている。

この屋敷には銀葉と雪葉の親子ふたりが住んでおり、使用人はいない。雪葉の母は彼女が幼い頃に亡くなっており、銀葉は遅くにできた雪葉を男手一つで育てたらしい。

舞光が雪葉を娶《めと》れば、ひと安心なのだろうな。勝手にそのようなことを考える。

「して、若様はなにをお調べになっているのですか？」

湯気の立ち昇る茶をひとくち飲む。さわやかな香りがする。

「十年前に滅亡した灯氏のことです」

茶杯を口に運ぶ銀葉の手が止まった。

「なんと、その名を聞くのも久しぶりです」

「灯氏が岩香熱で滅んだということが、国の歴史書にも、流彩谷にある書物にもなにも書かれていないのです。なぜかわかりますか？」

銀葉は白髪の顎鬚《あごひげ》を撫でた。銀葉は沁氏の古い歴史を知っている。北部一帯のこと、紅火岩山《こうかがんざん》の灯氏のことも記憶しているはずだ。

「若様。なぜ急にそのようなことを」

「わけあって、昔のことを知りたいのです」

ふむ、と銀葉はひとくち茶を飲む。

「銀葉先生、灯氏に知人友人はいませんでしたか?」

「いいえ……」

銀葉は申しわけなさそうに頭を下げる。

「じゃあ、十年前の岩香熱蔓延のことは? 覚えていませんか?」

「それは……たしかに。数日のうちに広がって地獄絵図だったというのは聞いたことがありますよ」

「やっぱりそうなんだ。どうしてどこにも記録がないんだろう」

「沁氏としても治療に向かいたかったが、感染を恐れて手出しができなかったのです。そのうち、国から紅火岩山への立入を禁ずるとお触れが出たのです」

そうだったのか。

「俺はいままで紅火岩山に興味がなくて、行くこともしませんでした。あそこにはなにがあるんです?」

「紅火岩山は現在ただの荒れ地です。焼き払われていますから、なにも残っていないはずですよ」

知る限り、現在は立入が禁じられてはいないはずなのだが。そのうち行ってみようか。なにかわかるかもしれない。

「若様。なにかあったのですか？　そのように思いつめて」

灯氏の生き残りを知っているとは言えない。たとえ嵐静のことを伏せたとしても、知りたい理由はたくさんある。

「十五年前、北部一帯で岩香熱が蔓延したときに俺の両親は死んだ。十年前には灯氏が岩香熱で滅亡。俺の子供のころの記憶がそこにあるような気がしているんです」

記憶？　と銀葉は首をかしげている。急にわけのわからないことを言い出す翔啓に困惑している様子だ。当然といえば当然だ。

「銀葉先生。俺ね、いまが楽しければ過去なんかどうでもよかった。宗主に引き取られて十五年。昔の記憶が抜け落ちていても、これからのことを考えるだけでよかったんです。それが俺の役目だと」

「翔啓様は昔のことはよく覚えてない、とおっしゃる。それは前向きな性格ゆえ昔のことは気にしないというお考えなのかと……。記憶がないとは驚きです」

「覚えてないと誤魔化しているけれど、俺、実は子供のころの記憶がないんです」

なんと、と銀葉は目を丸くする。

「父と母のこともよく覚えていない。そりゃ十五年前だから仕方がないのかもしれないけれど、十年前の記憶すらないんです。当時十歳なら少しは覚えているでしょう？　思い出がないというのは、自分の輪郭がはっきりしない」

「若様、悩まれておったのですね」

「子供のころの記憶がないことを、無意識に恥じていたのかもしれない」

自分が何者なのか不気味に感じることがあったからだ。だから「覚えていない」で済まそうとしていた。

「俺が宗主に引き取られる前のこと、銀葉先生はなにか知らないですか？」

「それは私にはなんとも。翔啓様のお父上は宗主と幼なじみでしたね」

銀葉の話のとおりだ。だから宗主の舞元《ぶげん》は孤児となった翔啓を引き取った。

「宗主のほうがお詳しいでしょう」

「宗主の体に負担がかかることはしたくないのです」

そうですね、と銀葉は頷いた。

「翔啓様がおもらしをしたことはよく覚えていますよ」

「……そこは忘れてもらってかまいません……」

「冗談でございます。あのお屋敷で健やかにすくすくとお育ちになっておりましたよ」

　こんなにも不安になったことはなかった。舞光をはじめ屋敷の皆のことは覚えている。生活に支障はないが、そういえば覚えていない、という自身のことが多くなっていった。そこへ現れた嵐静。

　翔啓が覚えてないのに、嵐静は胸の傷を知っている。それがどこに繋がっているというのだろうか。

「灯氏の岩香熱蔓延のとき、俺はなにをしていましたか？」

　銀葉は再び白い顎鬚を撫でた。老いぼれる歳《とし》でもない。なにか少しでも当時の翔啓を覚えていないだろうか。

「そういえば……私の記憶違いでないのなら」

「なんです？　言ってください」

「二カ月ほど、翔啓様の姿が見えなかったことがありました。舞光様に尋ねたら、病気をして奥で臥せっているのだと」

病気で二カ月も？　初耳だった。驚いたけれど、気取《けど》られないようにと注意を払った。

「……翔啓様、ご存じなかったのでしょうか？」

「あー、いや。なんとなく聞いたことがあったかも。岩香熱だったかな？」

いままでの癖でついそう返してしまう。

「それはありませんね。万が一岩香熱ならあのお屋敷に置いておけません」

じゃあなんだろう。怪我《けが》じゃなく病気とは。

「俺はいつもこうです……長期間寝込むような病気をしたことも忘れていて、困ったものです。病気が癒えたかわりに記憶を置いてきてしまったのかも」

舞光に聞かないとわからないのかもしれない。その病気と抜け落ちた記憶が関係しているような気がする。銀葉に聞いてわからないのなら、ほかに誰が知っているというのか。

「……若様。もしや私は余計なことを申しましたか？」

「そんなことはないです」

ふと、昔から屋敷に仕えている老婦人を思い出す。彼女にもそれとなく聞いてみようか。

「銀葉先生。なにか思い出したら教えてほしい。灯氏のことと、俺の幼い頃のことを」

「……若様の助けとなるなら」

「ありがとう。恩に着ます」

礼を言い、翔啓は銀葉の屋敷を出た。外はすでに夜となっていたが、月が道を照らしており明かりは必要なかった。馬に乗ると沁の屋敷へと急ぐ。

「腹減ったな」

夕餉《ゆうげ》の時間をとっくに過ぎている。そういえば、雪葉はまだ戻ってこなかった。ということは、舞光と一緒にいるのかもしれない。邪魔をするわけにはいかないので、悠永城から戻った挨拶は明日にする。

馬の蹄《ひづめ》の音が、時を刻むように前進してゆく。

ねじ曲がり絡まった記憶と事実が、少しずつ解《ほぐ》れてくれるといい。誰がなにを覚えていて、忘れているのか。それに、なにを隠しているのか。翔啓がなくした記憶はすべて嵐静に繋がる気がしてならなかった。

なんとなく右胸をおさえる。あの秋祭りから、一度も異変はない。この傷だっていつできたのかわからない。なのに、嵐静は知っていた。考えの整理がつかなくて翔啓は頭を振る。

ひとつも漏らさずにこの身に戻したい。

彼を後宮から出す手掛かりになるかもしれない。そう思うと、馬の手綱を握る手に自然と力が入った。

＊　＊　＊

熱があると自覚したのは、目覚めて見えた天井の木目が蠢《うごめ》き歪んでいたからだ。そのうえ、まるで視界が燃えているように真っ赤だ。

頭と体が重く、吐き出す息が熱い。体のあちこちに激痛が走り、とくに酷《ひど》いのは右胸から背中にかけて。まるで焼けた杭でも刺さっているよう。自分の身になにが起きているのか把握するのに時間がかかり、痛みも増すようだ。何度か深呼吸をする。

死ぬのではないか。それぐらい苦しいし痛い。熱で汗ばんでいるのに体の芯が冷たく、悪寒がする。

ここはどこだろう。

痛みを堪えて顔を横へ向ける。嵐静は寝台に寝かされているようで、近くの棚には煙が立ちのぼる三つ足の香炉が見える。湯気の出ている鉄瓶がかけられた火鉢、小さな引き出しがたくさんついた作り付けの棚。なにに使うのか、折りたたまれた白い布が堆《うずたか》く積み重ねてある。酷く汚れた灰色の衣が床に落ちている。よく見るとその汚れは血だった。

そっと腕を動かして自分の体を触り確かめてみると、薄手の衣を一枚着せられているようだ。

反対側に首を向ける。隣にひとつ寝台が置かれてあり、誰かが寝かされているようだ。痛む体を起こして確認すると、青白い顔色の翔啓だった。

「しょ、翔啓……！　う……っ」

「これ。無理をしてはいかん」

背後で男の声がした。恐る恐るふり返ると、灰色の衣を着た背の低い老人が立っていた。白髪まじりの髪をひとつに束ね、目が細く、顎鬚を生やしている。

「目が覚めたのか」

「あ、あの。翔啓は！」

「そんなに興奮してはならんよ。お前さん、自分のほうが重傷なのだとわかっておるのか」

安静にしなさい、と老人は嵐静をそっと寝かせた。

「……それでよく助かったものだ。剣が貫通しているというのに」

「私は……」

「あと少し傷がずれていたらこうして目覚めなかったかもしれんな」

わしの名は崔《さい》。彼は名乗って嵐静の額にそっと触れた。

「まだ熱がある。体がだるいだろう？」

嵐静は答えなかった。触れられたその手は心地がよかったが信用していいのかわからない。黙っていると、崔はほっほっと笑った。

「……警戒するのも仕方がないか。安心しなさい。こう見えてもわしは医者だ」

「医者？」

ということは、ここは治療院かなにかか。ふたりともきちんと手当てがされていることはわかったけれど、気を失っているあいだなにがあったのだろうか。

「まだ熱が高いな。さっきの質問をもう一度するぞ。だるさはどうだ？」

「……はい。体が鉛のようです。それになんだか視界も燃えているみたいに見える」

熱のせいだろうな、と崔は言った。

「つい数時間前、お前さんの友人も目が覚めてな」

「目覚めたんですか。怪我の状態は……！」

「お前さんが目覚めないのかと泣いて騒いで手がつけられなかったから、薬で眠らせた」

「眠らせた？」

「暴れたせいで傷が開き、大量に出血したのだ。無理をしおって」

翔啓の胸から噴き出す血を思い出してぞっとする。この小さな体から再び血が失われたっていうのか。想像すると血の気が引いた。

「た、助かりますよね？　翔啓は大丈夫ですよね？」

「翔啓というのか、彼は。……まだわからん。手を尽くしてはいるが、また暴れるようなことがあれば保証はできん」

傷が開くほどに暴れるなんて。隣で眠る翔啓の顔色はたしかによくない。

「なにぶん血を流しすぎている」

「だったら私の血を彼に与えて！」

「嵐静、落ち着きなさい。お前さんも瀕死《ひんし》だったのだぞ？　そんなことをしたらお前さんの命がない」

「翔啓が助かるなら私はどうなってもいい」

「滅多なことをいうものではないよ。命の入れ替えなどできないのはわかるだろう。死んだらなにもかも終わりだ」

取り乱したせいか、息があがる。崔が「興奮するな」と背中をさすってくれた。

「……皇后陛下がふたりとも助けろと命令を下された。我々はそれに従わなければならない」

あんたが手当てをしたふたりの傷は、皇后がやったものだぞ。あいつが殺そうとした者たちなんだぞ。

嵐静は爪が食い込むほどに拳を握った。

皇后の命令、そして医者の崔。重傷者をこうして受入れるだけの設備が整った部屋、手当てをできる医者がいる。

「我々ってどういうことですか？　ここは……どこですか？」

問いかける嵐静に向かって、崔は知らなかったのかとため息をついた。

「悠永城の侍医殿だ」

皇后は殺そうとしたふたりを自分の縄張りに引き入れたということか。

なんでもするから翔啓を助けてほしいと願ったのは自分。ただ、それを聞き入れたなら皇后に魂胆があるはずだ。子供ふたりを串刺しにしてそのまま捨て置いてもよかったはずだから。

灯氏の残党は斬って打ち捨てられても、沁氏の若君を無惨に殺せなかったのだろうか。

「嵐静、よく聞きなさい。そこの翔啓だが、傷が癒えればきちんと家に帰す」

「ほ、本当ですか！」

「彼の家族に連絡をせねばならんな……ただ、嵐静。お前さんの身柄は皇后陛下に引き渡すことになっている」

「皇后……陛下に……？」

「気がついたら知らせてほしいと仰せなのだ。報告をしなくてはな。心配をされておったから朗報をお持ちできる」

どこが朗報なのだ。嵐静にとってはぞっとする通告だった。

なにをされるのだろう。怪我が回復したら拷問でも待っているのだろうか。いや、翔啓を救ってほしいからなんでもすると申し出たのは嵐静だ。

死んだことにしてもらえないだろうか。

ちらりと部屋の戸の位置を確認する。ただ、あそこから逃げられる体力があるか、体がいうことを聞くかどうかだ。じくじくと痛む右胸の傷が体の動きを封じている。

「わしにも孫がおる。お前さんの家族はこのことを知っているのか、それが気になっての」

詮索はせんが、と崔は苦笑した。

母は目の前で殺され、父はいまどうしているのかわからない。生きているのか死んでいるのか。屋敷は、紅火岩山はどうなったのだろうか。嵐静が隠れていた翔啓の生家は？　沁氏の人たちは無事なのだろうか。

聞きたいことはたくさんある。けれど、なにから問いかけたらいいのかわからなかった。

「私は……灯嵐静といいます」

「ほう、そうか。お前さん灯氏なのか」

頷《うなず》くと「大変だったな」と労《ねぎら》ってくれた。崔は灯氏のことを知っているのかもしれない。

「私はあの日……！」

「ああ、聞いたよ。紅火岩山では岩香熱が流行し、あちこちに遺体が並ぶ地獄絵図だったそうだな」

「……え？」

「皇帝皇后両陛下の流彩谷湯治に同行した側近たちが申しておった。皇帝陛下が先に城へお戻りになったからな、そのときに聞いたんじゃ。数カ月前から岩香熱の感染が報告されていて、情報収集も兼ねて紅火岩山付近を偵察してきたらしい」

　嵐静は混乱していた。岩香熱？　崔はなにを言っているのだろうか。

「一門全体に感染が広がってしまっていたそうだな。あれは致死率の高い疫病。これ以上感染を広げないために紅火岩山一帯は焼き払われたというな」

「紅火岩山は……」

　焼き払われただと？

「不憫なことだ。お前さんたちは、混乱に乗じて灯氏に盗みにはいった賊にでも狙われたのかな。その剣の傷は酷い。一生残るだろうな。ふたりはとおりがかりの皇后陛下に救われたのだよ」

「あ……あの」

「嵐静は生き残ったのだな」

　岩香熱？　焼き払われた？　賊？　なんのことだ。

崔はしきりに「難儀だったな」と嵐静に同情している。

皇后を害そうとしたから灯氏に殲滅《せんめつ》令が出たのではないのか？　翔啓が持ってきた触書はなんなのだ。

皇后は父のせいだと言ったじゃないか。それに、灯氏に岩香熱が流行したなんてひとつも耳にしたことはない。みんな元気だったのだ。

「生き残りを皇后陛下はお救いになったというわけか。なんと慈悲深い」

嵐静は首を横に振った。

ひとつずつ否定して本当のことを話したいのに、言葉が出てこない。

真実が塗りつぶされている。灯氏は殲滅させられたのではなく、岩香熱の流行で全滅したことになっている。

その生き残りが嵐静だと。皇后はかわいそうな子供を救うために連れ帰った、心優しき人だと。

翔啓を助けてくれるならばなんでもすると誓った。だったら真実を体に飲み込み、沈黙していろということか。

なにを聞いても疑問に思うな、そして知りたいと思うな。皇后の無言の支配が嵐静の肌に食い込んだ。

あの女は嘘《うそ》をついてまでなにをしようとしたのか。そこまでして灯氏を滅ぼさなければいけなかったのか？　関係のない者たちの命を簡単に散らせて、唯一の友にまで手をかけた。

「よかったな、助かって。皇后陛下に恩義ができたな。ほら、涙を拭きなさい」

崔が差し出してくれた手巾を振り払い、嵐静は乱暴に手で涙を拭った。

違う。感謝の涙なんかじゃない。悔しさで吐きそうだ。

口を覆うために出した自分の手。爪のあいだに乾いた血がこびりついている。これは誰のだろう。自分のものだろうか、それとも翔啓のものだろうか。

翔啓はまだ眠っている。いますぐに起こして、なにがあったのかを話したいけれど、それは無理だ。

目を閉じて静かに深呼吸をする。

嵐静と翔啓は皇后に殺されかけたのだと、灯氏は岩香熱ではなく皇后の命令で虐殺されたのだと叫びたい。でもそんなことをすれば、きっとふたりとも命がないのだろう。

自分が死ぬのはいい。けれど、翔啓は救わなくては。

「傷が痛むか？　少し茶を飲むといい」

　嵐静の様子を、痛みを耐えているると取った崔は、温かい茶をくれた。ゆっくりと体を起こしてそれを飲むと、翔啓の寝顔に視線を移した。

「手は尽くす。声をかけてやれ。導かれて目を覚ますかもしれん」

「……わかりました」

「だが、嵐静も無理は禁物だ。今日はもうこれぐらいにして休みなさい。夜には包帯を替えてやるから」

　早く回復しなくては。

　回復して翔啓をここから出してやらなくては。そのためには寝込んでなどいられない。彼よりも早く回復しなくては。

　横になった嵐静の額に、崔は再び手を当てて熱を確認している。嵐静は目を閉じた。

　ごつごつとした大人の男の手は、目を閉じていれば父のそれと思えた。二度とあのぬくもりに会えないからこそこんなところで欲してしまう。

「嵐静。視界が燃えるようだといったな？　目の痛みはあるか？」

　目を開けると、崔が嵐静を覗《のぞ》き込んでいる。

「はい。視界がこう、熱を持っているようだというか……痛くはありません。視界が赤く見えるのは治まってきました。崔殿のおっしゃるように熱のせいかも」

「うむ。目に傷はなさそうだ。しかし嵐静、その瞳は生まれつきか？」

「瞳？　……これがなにか？」

親指と人差し指で嵐静の瞼を開き、瞳を確認した崔が目を細めた。

「珍しい。赤い瞳をしておる」

「赤い瞳……？　私はもともと黒い瞳です。父も母も同じです」

「ふむ、そうなのか」

光の加減で赤く見えるのではないだろうか。崔が不思議そうに嵐静の目を観察している。しばらく観察していた崔は、棚にあった手鏡を持ってきてくれた。見てみろということか。

鏡に自分の顔を映す。そこには父と母からもらった黒い瞳ではなく、赤味を帯びた瞳が映っていた。

崔は嵐静の肩をさすりながら「そうか」とまた言った。そして、首を横に振りながら立ちあがった。

「黒い瞳が赤く変わるほど、よほどの絶望を見たのだな」

そう言い残し、崔は部屋を出ていった。

足音が遠のくのを確かめてから、嵐静は寝台を抜け出した。

傷の痛みが酷く簡単には立ちあがれないが、どうしても翔啓の顔を見たくて彼の寝台まで這《は》っていった。

「翔啓。聞こえているかい？」

青白い顔はまるで死人のようだった。ぞっとして唇に指を当てると、微《かす》かに温かい吐息を感じる。

大丈夫だ、生きている。

彼が目覚めたときに、自分はここにいなくてもいい。嫌な思いをするかもしれない。元気になって流彩谷に帰ってくれればそれでいいのだ。

「はやく元気になれ。舞光殿も宗主も心配しているね。本当に申し訳ないことをしてしまった」

色をなくした唇は、返事の言葉を紡がない。あんなによく話す少年なのに。朗らかに笑い、表情をころころと変え、いつも明るくてこちらも気持ちが華やかになった。

自分のことよりも嵐静を気遣ってくれる、心の優しい友なのだ。

掛布をめくってみると、嵐静と同じような薄手の衣を着せられていた。そしてこれも同じように、胸には包帯がぐるぐると巻かれている。嵐静は翔啓の右胸に左手を、自分の右胸に右手を当てる。

「私のことなど守らなくてもよかったんだ。きみがこんな怪我をすることもなかった」

翔啓に甘えなければ、すぐに流彩谷を立ち去ればよかった。そうすれば翔啓は灯氏残党を匿《かくま》っていると責められずに済んだ。沁氏に迷惑をかけずに済んだ。

「ごめんな」

翔啓の顔を見ていたら、赤く染まっていた視界が元に戻っていく。

瞳の色が変わるほどの絶望があるのだとしたら、己の身に降りかかった災いがそうか。このうえ翔啓まで失ってしまったら、どうなってしまうのか。

「大丈夫。私がきみを守る」

この赤い瞳だけが真実を知っている。

皇后はこの目を見れば思い出すのだろうか、自分がなにをしてきたのかを。

翔啓の頬を撫でた。早くよくなれ。元気になれ。

彼の笑顔を思い出せば、自然と心が穏やかになった。

翌日もその次の日も翔啓は目を覚まさず、嵐静の熱は下がらなかった。

嵐静は体の痛みで眠ることができなかったが、そのぶん翔啓が眠っていると思っていた。これでいいのだ。彼のほうが体が小さく、重傷なのだから。

朝餉をすこし食べたあと、崔が傷の状態を確認しにきてくれている。

「傷が痛くて眠れないんです」

「仕方あるまい。嵐静、お前さんは大人しく薬を飲んで傷と体力の回復に努めなさい」

隣に視線を送ると、昏々《こんこん》と眠り続ける翔啓の横顔がある。

導かれて目覚めるかもしれないと言われたとおり、誰もいないときに声をかけている。しかし、話しかけても頬を突《つつ》いても、一向に目覚める気配がない。

「崔殿。翔啓は大丈夫ですよね？」

「……そうじゃな」

大丈夫だとはっきり言わないのは、まだ予断を許さないという証拠だろう。

嵐静は剣が貫通した右胸を包帯のうえから触る。体を盾にして守ったのに、守り切れなかった。それが悔やまれる。もっと体が頑丈で大きかったら、剣は翔啓に届かなかったかもしれないのに。

「嵐静。今日はもうすぐここへあるお方がやってくる」

「あるお方?」

衣を着るのを手伝ってくれた崔が「そうだ」と頷いた。

「皇后陛下だよ」

声が出なかった。なにをしに来るのだ。咄嗟《とっさ》に険しい目で崔を見てしまう。

「なんて顔をしているのだ、嵐静。助けてくださった恩人だろうに」

「……私のような者がそう簡単にお会いできるようなお方ではないと、思っていましたので……」

「そんなことはありませんよ。私も人間ですから」

部屋の戸の向こうから鈴の音のような声がし、嵐静は体を硬くした。ふっと、甘い香りが漂う。

いらっしゃった、と崔は立ちあがって戸を開けた。

「皇后陛下、ご機嫌麗しく」

部屋に入って来た皇后は、あの河原で見た時と同じように冷たい美しさを放っていた。嵐静は大きな腹から目をそらした。もうすぐ産まれるのだろう。皇子か公主か。皇子であれば世継ぎの誕生だ。どちらにしても国中が喜びにあふれる。

この女がなにをしたのか、悠永国の民は知らない。

皇后は寝台で体を起こしている嵐静を見下ろした。そしてにやりと笑う。

「崔殿。ご苦労です。どうですか？　ふたりは」

「嵐静のほうはこのとおり目を覚ましております。向こうの翔啓はずっと眠っていました」

皇后は嵐静をとおり越して、翔啓へ視線を投げた。

「助けなさい。なんとしても」

「承知しております」

「あの子には聞かなければならないことがある」

「目覚めましたらお知らせいたします」

そこまで聞くと、皇后は右手を上げてお付きの者たちを下がらせた。

「崔。すこしこの者と話がしたい。ふたりにしてくれぬか」

崔までも下がらせる話とはなんだろう。傷のせいでまだ熱っぽかった体の芯が急激に冷えていった。

眠る翔啓と、皇后と嵐静。三人になった部屋に沈黙が広がる。皇后は椅子に腰かけた。ぎしっと椅子がきしむ音がやけに大きく響いた。

「嵐静」

名を呼ばれたので顔をあげた。この女の顔なんて本当は見たくもない。でも、いまここで逆らえば、隣で眠る翔啓になにをするかわからない。ためらいなくふたりを串刺しにするような人間だ。機嫌を損ねるわけにはいかなかった。

「傷が癒えたら私に仕えろ」

「……仕える？」

悠永城後宮に住まう皇后に仕えろとはどういうことだろうか。十を過ぎたばかりの自分をどうしようというのだろう。困惑していると、皇后は立ちあがって翔啓が眠る寝台に近寄った。

「もう灯氏は存在しない。それに紅火岩山もない」

「……あなたのせいだ……殲滅令のせいです！」

「殲滅令の触書は灯氏にしか出しておらん。世間的には灯氏に岩香熱が蔓延し、病に侵された遺体の処理と疫病撲滅のために、紅火岩山を焼き払ったと発布している」

「……嘘だ」

屋敷でも紅火岩山の街でも、岩香熱の患者なんかいなかったはずだ。

「灯氏を消した事実に塗った嘘です」

ふと、触書をなぜ翔啓が持っていたのだろうと思ったが、黙っていた。沁氏が殲滅令の触書を見ていても岩香熱蔓延の発布を知れば、皆がなにかを察し口を固く閉ざすに違いない。

疫病蔓延に見せかけた殲滅。灯氏と一番関わりが深い沁氏に、注意を促す効果はある。睨む嵐静を嘲笑うように皇后は片方の眉を上げる。

「そうだ。嘘だ。真実だけが世に出るわけでもあるまい」

「灯氏への嘘を認めろとおっしゃるのですか」

「認めなくてもいいが、お前もその嘘の中にいろ。戻る場所もなく、お前は罪人の子。それでも生きているのだから、せめて役に立て」

「侮辱をしないでいただきたい！　父上は罪人などでは……！　うっ！」

声を荒げたら激痛が走って、顔をあげていられなくなった。痛みを堪えるために蹲《うずくま》って深呼吸をくりかえしていると「無理をするな」と鼻で笑われた。

「そのような体ではなにもできまい」

「誰のせいだとお思いですか」

「歯向かうな。この少年がどうなってもいいのか」

皇后は翔啓の頬を長い爪でなぞった。

「……やめて……やめてください」

「己の命を私のためにといったではないか。忘れたのか？」

「忘れては……おりません」

「ならば逆らうな」

傷はじくじくと痛み、体が言うことを聞かず呼吸もうまくできない。意識のない翔啓は、口を軽く塞いでしまえば殺せる。こんな体では皇后と翔啓のあいだに割って入ることもできない。

「わかりました……お仕えします」

当然だとでも言いたげな皇后は、大きな腹をさすってまた鼻で笑う。

いますぐ殴り掛かりたい。花のように美しいその顔を斬り、嘘をつく小鳥の囀《さえず》りのような声を潰し、二度と笑えないようにしたい。母にしたようにその腹を引き裂いてやりたい。

でもいまはなにもできない。翔啓を無事に帰さなくては。

「ひとつだけ教えてください」

「……なんだ」

「父は……いったいなにをしたのですか？」

皇后の目つきが変わったのがわかった。瞳の奥に強く燃える火が灯り、まるでその場に父がいるかのように一点を見つめている。

怒り、恨み。嵐静は皇后の表情に声にならない感情を見た。

「私と腹の子の命を奪おうとした」

ぞっとして血の気が引いていく。しかし、あの優しい父がそんな非道な行いをするはずがない。

「なにかの間違いなのでは！　皇后陛下、ご存じなら教えていただきたい！」

理由があったとして命を奪うことなどあってはならない。けれど、父がそんなことをしようとしたわけを、皇后とのあいだになにがあったのかを知りたい。

「なぜ父が……皇帝陛下のお子を？」

「嵐静」

皇后は翔啓の首に手をかけた。まるで嵐静の懇願を黙らせるかのように。

「それ以上聞いたらこの少年を殺す。お前の父と、母と腹の子を殺したように」

「な……」

「冗談で脅しているのではない」

知りたいと欲すれば沈黙を強いられる。殺されかけ、苦しみながら生かされる。

結局なにも知らないのは自分だけなのかもしれない。父も母もきっと真実を知っているのだろうけれど、死んでしまった。聞くことすらも許されない。

　涙が溢れて止まらなくなった。

「この子は私の子。そして未来の皇帝になる選ばれたたったひとりの子だ。害する者は何者であっても許さない。やっと手に入れた宝なのだから」

　皇后は愛《いと》おしそうに大きな腹をさする。

　私だって。私の大切なものを傷つけられれば許さない。私だって。大切な人たちを守って救いたかった。

　その腹の子のためにたくさんの命が散ったのに。

「私のこともいま殺せばよろしいのではないですか……？」

「なんだと」

「一度手にかけておいて、なぜ生かすのです」

「お前があの男の子だからだ」

　生きて父の罪を償えということか。

　嵐静は己に言い聞かせる。

　この命は救えなかった人たちの弔いで、隣で眠るたったひとりの友のため。友の命のためになら犠牲だとも思わない。

それならば生きられる。大丈夫だ。

掛布を握りしめ、痛みを堪えながら「承知しました」と小さく返事をした。

「嵐静は死んだ。これから新たな名で私に仕え、後宮で生きろ。出ることは許さない」

「翔啓を生かしてくださるなら」

「本来ならお前が私に条件を出すことはできない。だがそなたたちの友情に感銘を受けた」

皇后は眠る翔啓の黒髪を指でするすると梳いた。彼に触るな、と叫びたくなるのを堪えた。

「この者は沁氏だそうだな。沁氏では様々な薬を調合している。腹薬に傷薬、痛み止めなど。お前も知っているはず」

この体に使われた傷の薬も沁氏のものだと言いたいのだろうか。包帯が巻かれた手をじっとみつめる。

「記憶をなくす薬もあるという」

「……記憶をなくす薬ですって？」

そんなものなにに使うというのだろう。もはやそれは薬ではなく毒ではないのか。嫌な予感がし、皇后の様子を窺《うかが》っていると華奢《きゃしゃ》な指が翔啓の額を撫でる。

「この者にとって、お前との記憶は必要ない」

「なんてことを……！」

「傷が癒えてから喚《わめ》き散らされても面倒だ」

「だからって、危険な状態なのに毒みたいなものを与えるなんて！」

「毒ではない。薬だと言っている。それ以上余計なことを喋ると本当に毒を与えるぞ」

「……く……っ」

嵐静が黙ったと見るや皇后はひとつ手を叩《たた》く。それを合図にお付きの者たちが部屋へ入って来た。

「そろそろ戻る」

崔も戻ってきて、恭しく皇后に首《こうべ》を垂れた。

「皇后陛下……！」

呼び止めたところで真実を叫べない。きっとこの場でふたりは殺されてしまうだろう。

「別れがたいのですかな、彼は。恩のある皇后陛下と」

違う。本当はなにもかもが違うというのに。

「崔。よく見ればこの者、瞳が赤いのだな。珍しい」

「さようでございます。もとは黒かったそうですが、怪我の影響やもしれません」

「……まぁいい。早く怪我を癒すがいい」

返せ。私の大切なものすべてを。

皇后は衣を軽く翻して部屋を出ていく。残り香でさえ胸糞《むなくそ》が悪かった。

そのあとは少しも眠ることができずに、昏々と眠り続ける翔啓の横顔を見ていた。

食事をして薬を飲み、包帯を取り換えてもらい、崔にいくら叱られても眠らずに、眠る翔啓を見守っていた。

だって、次に目覚めたときには翔啓はいなくなっているかもしれない。そう思うとどうしても瞼を閉じることができなかった。

それから二日が経《た》った夜のことだった。

「嵐静。起きているか？」

聞こえてきたのは崔の声だ。

「はい」

少しだけうつらうつらしていた嵐静は返事をした。戸が開いて、薬箱を抱《かか》えた崔が姿を見せた。

「まだ起きているのか。いい加減に眠りなさい。……翔啓は起きたか？」

嵐静は首を振る。

「そうか。こっちはこっちでいい加減に起きてほしいのだが。食べないから痩せてしまうし体力も落ちるからな」

「ずっと見ているけれど、起きる気配がないです」

「わしがいるのだからずっと見ていなくて結構だ。お前さんも無理はするなとあれほど……」

また小言を聞かされると思い嵐静はそっぽを向いた。そんな嵐静の様子に「まったく」と崔はため息を漏らす。

「お前さんが強情だから、眠り薬を与えることにした」

「止《や》めてください。そんなもの、いりません」

「そのままでは治るものも治らん。言うことを聞きなさい」

「眠り薬なんて必要ない。翔啓が目覚めるまでは起きていると決めたんです」

「お前さんの決意は立派だが……特別に薬を用意してもらったのだ」

「……誰に？」

机に薬箱を置いた崔が「いいか」と嵐静の肩に手を置いた。

「これから治療をするから騒いじゃいかんぞ。なに、驚くことはない」

そう言って崔は部屋の入口に戻っていく。廊下に顔を出し「お入りください」と声をかけている。

外に誰かいるのか。皇后だろうか？　警戒して体を硬くした。

「そんな、野良猫みたいに威嚇するな……どうぞ」

更に促した崔に続いて入って来たのは、若草色の衣に身を包み眉目秀麗な青年だった。

「沁の若君……！」

現れたのは翔啓の義兄、沁舞光だった。嵐静に目もくれず、舞光は真っすぐに翔啓へ駆け寄っていく。

「翔啓……！　あれほどに注意をしたのに」

眠る翔啓に頬を寄せて、涙を落としている。無理もなかった。元気いっぱいな弟が傷を負い、こんな場所で眠っているのだから。

「崔殿。あとは私が。少し彼と話がしたいのです。終わったらお声をかけますので」

舞光は崔を部屋から出した。そして一筋の涙を指で拭う。

胸の傷だけでなく心も痛んだ。これもすべて、紅火岩山から流彩谷へ逃げてきて翔啓に甘えた自分のせいだ。

「あの、舞光様。この度は私がご迷惑をおかけしてしまって」

傷の痛みに耐えながら首を垂れた。顔をあげたら氷のように冷えた目が嵐静を見ていた。

「わかっているのなら、もう弟に関わらないでほしい」

「舞光……様」

「それを言いに来たのです」

血の繋がりがなくとも、弟として幼い頃から一緒に育った翔啓が巻き込まれたのだ。憎しみの矛先が嵐静に向くのは仕方のないこと。でも、舞光にこれだけはわかってほしかった。傷つけようとしたわけじゃない。

「私は翔啓を守りたかったんです」

倒れていたところを助けてくれ、手当てをしてくれた。危険も顧みずに匿ってくれた翔啓に恩を返したかった。この命に代えても守りたかったのだと。

「守りたかったんです。嘘じゃありません」

嵐静、と低く静かな声に呼ばれる。

「ならどうして弟はこんな姿に？　きみを助けたいと翔啓は私に涙ながらに訴えた。止めたが聞かなかった。この子はそういう子だ。しかし、私の言うことを聞かなかった。結果がこれだ」

「翔啓は私のためを思って……申しわけございません」

「詫びて済むことではない。きみを助けたのはこの子の優しさだが、許せないのは私を欺いたことだ」

「……翔啓が私を匿っていると、気づいていましたか？」

「悠永城へ行っていたために最初のうちはわからなかった。しかし、こっそり屋敷を抜け出してなにかをしている様子に気づいた。あとを追ったら、あの廃屋にきみがいたのだ」

ということは、嵐静が流彩谷に逃げ延びていることを皇后側へ伝えたのは舞光なのだろうか？　だとしても、弟のためを思えば当たり前だ。

「聞きわけのいい子なのにどうして無茶をしたのか。それは嵐静。きみのせいだ」

「殲滅令の……灯氏のことを知って、翔啓は私を助けてくれたんです！」

「灯氏がなにをしたかなんて、沁氏には関係がない。勝手に滅びればいいものを」

崔とは反応が異なる。沁氏には殲滅令の触書があったのだから、関わらないようにしようとするに決まっている。

「宗主が罪人となった一門に手を貸すわけにはいきません」

「沁の若君！　違います！　父は罪なんて犯していない」

「……あなたたちのせいです。翔啓がこんなことになったのは」

「舞光様、私は……！」

「泣いたってだめです。わからないのですか？　この子の純粋な心を弄んだのでしょう。助かりたくて、翔啓の優しさに縋《すが》ったんです」

違う、と嵐静は首を横に振った。

「なにも違わない。自分が助かるためだったのでしょう」

「違う！　この命に代えても翔啓を守りたかったんです。ひとりになってしまった私を信じて助けてくれた。恩のために、傷つけるすべてから、彼を……」

最後が言葉にならない。涙が頬を伝って、掛布に染みを作った。翔啓のほうを見ると、舞光が塞ぐように立ちはだかる。

「自分勝手で独りよがりな幼い願望だ」

舞光は綺麗《きれい》な顔でほほ笑む。軽蔑と嫌悪が入り混じる声と視線が嵐静の体を貫いていった。

「そういえば、嵐静。殲滅令とはなんのことかな？　灯氏は岩香熱が蔓延して全滅したのですよね」

また涙が落ちる。嵐静は震える唇でどうして、と呟くのがやっとだった。

「どうしてもなにも。灯氏がなにで滅んだかなんて私たちにとってどうでもいいことです。沁氏は無関係だ。こちらに飛び火するようなことはしてほしくないものだ」

「舞光様は、父の真実を知っているのですか……？」

「天に背くような行いをしようとしたそうですね。灯氏宗主ともあろうお方が」

「……そのわけを」

「知りたくもありません」

「舞光様、私は本当になにも知らなくて。目の前で母を殺され、命からがら逃げてきて……」

「それは気の毒に。ですが、だからなんだというのですか？　自分の不幸を並べ、情報を引き出そうとするなど見苦しい。たとえ私がすべてを知っていたとしても、きみには伝えません」

まるで軽蔑するかのように、舞光は吐き捨てる。冷たい氷のような目だ。冷たさは鎧《よろい》なのだろうと思う。彼にだって守るべきものはあるのだから。だからこそ、こんなにも灯氏を憎むのだろう。

舞光は真っすぐに嵐静を見ている。彼は家と弟を守りたいだけなのだ。なにかを知っていたとしても嵐静に教えるはずがない。

「嵐静、そんなに守りたかったというのなら、最後に願いを叶えればいい」

「最後？」

「翔啓の前から姿を消すのですよね？　ならば弟にはきみとの思い出は不要だ。きみの、友を守りたかったという願いも果たされるでしょう？」

皇后に仕え、後宮に潜む。姿を偽り、名を変えて。舞光は皇后の命令を知っているのだ。

舞光は懐から薬包みを取り出した。ひとつは赤く、もうひとつは白い包みだった。

「これを」

白い薬包みを嵐静の前に差し出す。

「なんですか？」

「きみはずっと眠っていないらしいですね。崔殿に頼まれた薬だ。それを飲めばぐっすり眠れますよ」

「これは眠り薬ですか？　本当に？」

「疑り深いんですね。ただの眠り薬ですよ。信じていいのですよ」

「……私は忘れたくはありません」

「君の記憶を消してあげるほど私は優しくない」

包みの色をわけてきたのは間違えないようにするためだろう。嵐静は舞光を信じることにした。白い包みを手に取る。開けてみると白い粉が入っていた。

舞光は茶杯ふたつに水を注ぐ。ひとつを嵐静にくれた。

「それを飲んだら、こっちもはじめるとしましょう」

言われたとおりに、白い粉を口に含んで茶杯の水で流し込んだ。勢いをつけて飲んだので傷が痛んだが、構わなかった。ひとつ、ふたつ、と自分の呼吸を数える。即効性の薬ではなさそうだ。たとえ命を奪うような毒だったとしても、翔啓のためなら後悔はしない。

そばに兄がいると気づかずに、依然として翔啓は眠っている。舞光は寝台に腰かけると、そっと翔啓の体を起こした。翔啓は目を閉じたまま、兄の胸に首をもたれている。

「嵐静。翔啓が記憶をなくしていくところをそこで見ていなさい」

舞光は左腕に翔啓を抱えたまま右手で器用に赤い薬包みをあけて、小豆ほどの大きさの黒い玉を取り出した。人差し指と中指でその玉を挟むと、眠る翔啓の唇のあいだに二本の指を入れる。歯をこじ開け、口内の奥へ薬を入れてやった。

「自分がなにをしたのかを、忘れないように心に刻みなさい」

指を口から引き抜くと唾液で濡れていて、黒い玉がない。

「薬が弟の苦しい記憶を取り除いてくれる。私に隠れてしたことも、いらぬ恐怖を味わったことも、怪我をしたことも」

そのすべての場に嵐静はいた。

「翔啓は私の大切な弟。この子に苦痛は無用なのだよ」

舞光は茶杯の水を自ら口に含んで、翔啓に口移しで飲ませた。翔啓の細い喉が上下して、薬と水が体に落ちていくようだった。

花火の夜の出来事が消える。一緒に笑った時間も、嵐静のことを兄と慕う笑顔も消える。

嵐静と過ごした時間を忘れる。

翔啓に忘れられたら、もう嵐静のことを知る人間がいなくなる。なにが好きで、なにが嫌いなのか。どんな話をしてきたか。出会ったときのこと、迷子の翔啓を救ったことも。

でも、記憶と引き替えに未来が救われる。だからいいのだ。

次の瞬間、嵐静は強い眠気に襲われて奥歯がガチガチと鳴った。意識を保とうと眠気に抗《あらが》っていると、舞光の腕に抱かれている翔啓の目が薄っすらと開いて、こっちを見ていた。

「しょう……けい」

目の前が真っ暗になったところまでは覚えている。そのあとどうなったのかは記憶がなかった。崖からは数日間眠っていたと聞いたが、嵐静が目覚めたときには既に隣の寝台は空になっていた。

＊　＊　＊

浅い眠りから目覚めると、視界が歪んでいた。どうやら涙を流していたらしく、苦笑する。嵐静はつっぷしていた机から体を起こして、頬を伝う涙を手で拭った。

悠永城後宮へやってきた頃のことを夢に見たのは久しぶりだった。十年経っても記憶は生々しく、少しも違えずに夢に見る。苦痛だが、その夢の中でしか翔啓には会えない。本当の名を呼んでくれるのは彼だけだ。ただそれだけで、苦痛な夢にも懐かしさがあったのだ。

日に日に冷たくなる空気は季節の移り変わりを感じさせる。嵐静は夕餉のときに入れた茶をひとくち飲んだ。すっかり冷めてしまっている。

後宮で死んだ者が葬られる浄楽堂に、人知れず名が刻まれて静羽は死んだことになった。しかし、それは皇太子の智玄に対する体裁で、後宮内で過ごす者たちには知られず、無関係なことだった。

秋祭りの日、出し物をする劇団に紛れて智玄がいることは遠目にわかった。最初は、あとから皇后に叱られるだろうと思っただけだったが、一緒にいるのが翔啓だと気づいて舌打ちをした。しかも、皇后の寝殿に忍び込むなんて。見つかったら、今度こそ命がない。人の出入りが多い場所で、どうにかして翔啓を保護しなければならなかった。

隙をついて智玄と引き離したが、彼は嵐静に対して会いに来たんだと笑った。

「なにを考えているのだか。無茶をするのは昔から変わらない」

思わず笑ってしまう無鉄砲さだ。

本当に死んだのかどうか確認をしにきたという。静羽の生死など翔啓になにも関係ないというのに。

秋祭りの日の出来事が昨日のようだ。

静羽という存在は、死んだと信じる者の中では死に、生きていると信じる者の中では生きている。

花火の音のなかで、なにが伝わってなにがかき消えたのか、正直わからない。あの時、自分はどうかしていたのだ。

翔啓はなにも思い出さず、いままでどおり幸せに暮らしてくれればそれでいいのだ。

そのとき、衣擦れの音が聞こえた。嵐静は息を止めて聞き耳を立てる。

「いるか」

部屋の戸の向こうからあの女の声がした。

「はい」

嵐静は外していた仮面をつけると、部屋の入口を開ける。山吹色の衣を身に着け、黄金の簪《かんざし》、指にはいくつもの指輪。まるで闇夜に浮かぶ美しい毒蛇だ。

「起きていたか」

皇后が部屋の椅子に腰かける。嵐静は部屋の入口を背にして立った。

「皇后陛下、ご機嫌麗しく」

「智玄がここのところ元気でな。季節の変わり目には風邪をひいていたのに体力もついて、寝込むこともない。ぐんと身長も伸びた」

「なによりです」

「病弱とは程遠い。最近では私のほうが叱られる」

だから機嫌がよいのか。口数が多いのはその証拠だ。

あの弱々しかった智玄が。翔啓と出会ったことも影響しているのだろうか。彼といると気分が軽やかになる。智玄は翔啓によくなついているし、すぐ呼び寄せられるよう皇太子の青翡翠《ひすい》を贈ったと聞いた。

「智玄は静羽のことも諦めたようだし」

「……安心、しました」

「秋祭りの日に勝手にこちらへ来たことは叱ったが、浄楽堂でお前の名を確認したかったようだな。だから納得をしておる」

浄楽堂を世話する者たちも、知らないうちにひとつ名が増えていたとしても気にかけまい。

もとに戻っただけだ。嵐静が小さくため息をついたとき「聞きたいことがある」と皇后が言った。

「沁の若君はなんという名だったか？」

思わずず眉をひそめる。そんなこと、わざわざ嵐静に聞きにこなくても知っているくせに。

「……翔啓です」

ふ、と皇后は笑った。嵐静の反応を確認しているのだ。悪趣味にもほどがある。

「かつての友だったな」

「さようでございます」

「息災の様子。長男である舞光の補佐をしているのだな」

知っているならあらためて聞くな。腹が立つ。

「会っていませんので、わかりませんが」

「それもそうだな」

「お伝えくださってありがとうございます。でも、十年前に彼と私の道は別れました。現在はなんの関係もありません」

この部屋で会っていたことも知られてはならないのだから、下手なことは言えない。まさか翔啓が後宮へ立ち入ったとは皇后も思わないだろう。

「彼は私との記憶がないのですから」

皇后はただこちらの様子を探っているだけだ。運命を握っているのは自分だと嵐静に再確認させたいのだ。

「小耳に挟んだのだが、彼はどうやら灯氏のことを調べているようだ」

皇后の言葉にすっと背筋が冷えた。そういえばそのようなことを言っていた。

「智玄が彼を呼び寄せたときにいったいなにを話しているのか調べさせた。都や流彩谷のことが話題かと思いきや」

言葉を止めて、皇后は嵐静を正面から見た。

「灯氏が滅んだときのことを話していると」

一瞬、翔啓の記憶が戻っているのではないかと思ったが、そんなはずはない。忘れたことを取り戻そうとしているのかもしれなかった。なんのために？

……私と会ったからか。

「止めさせたほうがいいとは思わんか？」

灯氏は十年前に岩香熱の蔓延で滅亡したことになっているが、実際は皇后が殲滅令を皇帝に出させた。

自身に関係することが少しでも露見するのが怖いのか？

「なぜ止めさせたいのですか？」

皇后の問いにはなんだか違和感があった。

父の罪を嵐静に知らせず、問うことも許さない。自身に不利なことは徹底的に隠したがる。それなのに寝た子を起こすように思い出し、もう十年も前のことをいまだに気にしている。

「たかが小さな一門です。岩香熱だろうが宗主の罪だろうが、もはや皇后陛下にとってどちらでもなんの影響もないのではありませんか？」

止めさせたいならば、嵐静の手を借りずともできるのではないか？

そこでふと、もしかして智玄に知られたくないのではないかと思い立つ。残酷な所業を息子に知られたくないのでは。

「皇后陛下は……」

「私はお前の心配をしているのだ」

なぜそうなる。返答に困り、じっと黙っていると「静羽」と呼ばれた。

「お前にとっていいことではないだろう？　調べるうちに失った過去を知り、翔啓が苦しむのではないか？」

「私は別に……」

「お前が名と姿を偽り女子として後宮にいることが自分のせいだと知ったら、彼はどうなるのだろうな」

皇后が苦しむのはどうでもいい。しかし、智玄が灯氏滅亡の真実を知ったとして、母を厭《いと》うことに繋がるかもしれないのは心が痛む。智玄はなにも知らないままで健やかに成長してほしいと思う。

なにより、翔啓が苦しむかもしれない。押し黙っていると皇后が椅子から立ちあがった。

「静羽」

「はい」

「お前を自由にしてやろう」

気まぐれになにを言うのかと、耳を疑った。

「仕事をひとつこなしてほしい。そうすれば人知れずここから出してやろう。男に戻れ」

すぐには信用できない。なにを企《たくら》んでいるのだろうか。皇后の「仕事」というのは汚れたものに間違いないからだ

「どういうことなのでしょうか」

「言葉どおり、後宮から出してやろうということだ。静羽、私と取引をせよ」

「翔啓のことは……彼のことだけではなく、幸せに暮らせる居場所も壊したくありません。沁氏を守るために私はここにいるのです」

もちろんだ、と皇后はため息交じりで笑う。ちっとも安心感を得られない笑顔だ。

「それも含めて自由にしてやろう。もうここに留《とど》まることがないのだから、心配ならばお前が守ればよいではないか」

翔啓に手出しはしないうえに嵐静も自由にしてくれる？　本当だろうか。正直、にわかには信じられない。ただ、仕事を断るという選択肢はこちらにはない。いままでは見返りもないまま仕事はこなさなければならなかった。しかし今回は取引だ。

「信用できぬか？」

「そういうわけでは……」

「顔に書いてある」

「申し訳ございません」

「私がこの十年。お前との約束を破ったことがあったか？」

たしかにそうだ。皇后はずっと約束を守っている。嵐静が静羽として仕えているあいだ、沁氏の仕事も継続させ、翔啓の命にも手を出さなかった。

「私はなにをすればよろしいのでしょうか？」

抑揚なく問う。心を揺るがしてはならない。

皇后は美しい笑顔でこちらに向き直った。引き受けるしか選択肢がないと思っている。いままでそうしてきたし、これからも同じだと。

静羽は皇后の剣だから。

さぁ、命令しろ。なにをしてほしいのだ？　この毒蛇め。

心中でそう悪態をついた時、皇后は美しく紅を乗せた唇と動かした。

「皇帝の命を取れ」

聞き間違えたのかと思った。眉ひとつ動かさず、いままで嵐静が手にかけてきた者たちと同じように、皇帝の命を奪えと。自由の見返りに。

返事をしないでいると、皇后はなにも言わずに部屋を出ていった。取引と言いつつも命令だから、あの女にとってこちらの了解などどうでもいいのだ。微かに手が震えていることに気づき、なにをいまさらと自分を嘲笑う。はじめて人の命を奪ったときもこんな風にならなかったのに。

自室に静けさが舞い戻ってくると、思考が冷えていく。嵐静は深く大きなため息をついた。まるで体中の空気を入れ替えるように。

皇帝の命を奪う。それが後宮から出られる条件。

智玄を皇帝にしたいのだろう。現在の皇帝は昔から病弱でもはや政《まつりごと》に関わらず、もう何年も後宮へ渡らないため智玄のほかに世継ぎも望めない。

皇帝を殺せば嵐静は後宮から出ることができる。普通の人間に戻って生きられる。

腹立たしいのは、胸が希望で膨らんだからだ。

翔啓のことも救える。

あんたは俺のなんなの？

そう問うあの目が、心を乱す。

「私のことなど思い出さなくていいんだ」

再会によって、翔啓の中にある記憶の欠片《かけら》が騒いでいるのかもしれない。自分の身になにが起きているのか理解できずに、苦しんでいる様子だった。とっくに塞がっている胸の傷が血の涙を流すほどに。そんな体にしてしまったのは嵐静だ。そのうえ、嵐静がかつての友で、後宮で皇后に仕えているは自分のせいだと知ったら。

守ると決めたのだ。だったら、この命は誰のために使うのか、それさえ定まっているならなにも迷うことはないはずだ。

第二章　記憶の欠片

「兄上！　翔啓兄！」

羨光《せんこう》の声に、翔啓は作業部屋から中庭へ出た。作業部屋の入口は開け放たれ、湯気がもくもくと外に吐き出されていた。舞光に習って煎じ薬の手伝いをしていたのである。竈《かまど》には大きな土瓶がかけられていて、ぐつぐつと煮たっている。

中庭を駆けてくる羨光は、肌寒い日なのに頬を赤くしていた。武術の稽古に励んでいたのだろうか、羨光の稽古着はびしょびしょ、頬を汗が伝っている。翔啓は帯に挟んでいた手巾で羨光の汗を拭ってやった。

「汗だくじゃないか。お前はいつも元気だなぁ、羨光」

よく晴れた冬の朝陽《あさひ》が当たって、羨光の瞳はきらきらと輝いている。いつも一生懸命な羨光。翔啓は自分が十三歳のときはなにをしていたのだろうと思い返す。

十年前のことは忘れていても、十三歳ではじめて舞光から剣術の稽古で一本取ったことは覚えている。

「羨光。汗をよく拭かないと風邪をひくよ」

作業部屋を出てきた舞光が自らも額を拭いた。竈のそばで作業をしていると、雪の降る日でも汗をかいてしまう。

「はい。すぐに着替えます。その前に、兄上たちにご報告があるんです」

「なにかあったのか？」

翔啓が開くと、羨光は屋敷の門を指差した。

「坂を上ってくる馬車が見えたのです」

翔啓は舞光と顔を見合わせる。坂の上にあるのはこの屋敷だけ。

「羨光、どんな馬車だった？」

「遠目なので細部まではよくわからなかったけれど、二頭立ての馬車が二台。上等な作りでした」

「二台？　客人の予定があったかな？　舞光は知ってた？」

「いや……聞いてはいないが」

「俺も聞いてないな。……わかった、ありがとう。羨光は着替えておいで」

返事をして羨光は屋敷に戻っていった。

「俺が見てくるよ。たぶん舞光か宗主に用があるのだろう」

「頼む。父上はここのところ微熱があるので通せない。もし父上に客人ならばそう伝えて、私でよければご案内してくれ」

「わかった。舞光、竈の火に気をつけて。落とすのはあとで俺がやるから」

「心配性すぎる。作業はお前よりも慣れているんだよ？」

「そうだけど！　あっ、土瓶も熱いから触らないで」

はいはい、と舞光は笑った。

数カ月前、舞光は無理をして作業部屋で倒れた。幸い発見が早く大事には至らずに回復したけれど、また無理をするのではないかと気が気ではない。

羨光に風邪をひくと注意をしたが、舞光も自身の体を気遣ってほしい。

翔啓は襷《たすき》を外し、手巾で顔と髪についている薬草の切れ端などを払う。屋敷の門をくぐると、目の前によく整備された上等な馬車が止まっていた。羨光が言っていたとおり。車輪の錆《さび》もなく、二頭の馬は毛艶がよく、馬具も手入れが行き届いていた。ただ、見覚えのない馬車だ。

北部以外からきたどこかの貴族？　家紋がないからわからない。様子を窺っているると、御者が馬車の後部にある扉を開けた。とん、と降り立ったのは予想外の人物だった。

「やあ、翔啓」

「こ、皇太子殿下!」

知らせもなくやってきたのは、なんと智玄だった。

「どうしたんですか、突然いらっしゃるなんて。驚きました」

「うん。知らせてないもの。ちょっと遊びに来た」

「あ、遊び?」

うん、と笑う智玄は悠永城で会う時よりだいぶ砕けた様子で、肩の力が抜けているといった感じだ。

「翔啓と会って話をしたいが、呼び寄せると堅苦しいしまわりに爺《じじい》ばかりが見張っていてつまらないから」

さてはわがままを言って、側近たちを困らせたな?

智玄はやりたいと思ったらそれを貫き通す。父の後宮であっても忍び込む。脱走を図り、大騒ぎになっても平然としている。後宮の壁をよじ登る。見つかれば死罪間違いなしの翔啓をそれにつき合わせる。自由奔放なのはいいが、振りまわされる。しかし、嫌いになれない。

いったいこの皇太子殿下は皇帝と皇后どちらに似たのだろう。翔啓は頭を抱えた。

「長旅お疲れでしょう。どうぞ中へ」

「舞光は元気にしている？」

「はい。中におります。驚くでしょうね」

智玄はいたずらっ子のようににやりと笑った。

馬車は二台だが、人が降りてくる様子がない。飛風殿《ひふうでん》にずらっと並んでいた側近たちはどうしたのだろう。

「殿下、どなたかご一緒ですよね？　まさかおひとりでいらっしゃったわけじゃないですよね？」

「途中で置いてきた」

「置いてきたってどこへ？」

「麓の街の宿屋にいるよ。なにかあったら呼ぶからいい。お忍びで流彩谷へきたのだから、大勢ついてくる必要はない」

気持ちはわかるけれど、なにかあったらどうするのだろうか。さすがに目眩《めまい》がする。

「留以《るい》」

智玄に呼ばれてこちらにやってきたのは、筋骨隆々の男だ。帯剣し護衛任務で皇太子に帯同してきたのだろう。たぶんひとりで五人は倒せそう。一重瞼の奥の瞳が威圧するような鈍い光を放っている。彼はばちんと音を立てて拱手礼《きょうしゅれい》をくれた。怖い。

「沁の若君。留以と申します」

「翔啓です。留以殿、遠いところよくいらっしゃいました」

挨拶を終えると留以は智玄のうしろに下がる。

そんな留以の様子を智玄は得意気に見あげている。

「留以は悠永軍精鋭のひとりだよ。私がお腹《なか》にいたころの母上に帯同してこのあたりに来たことがあるそうだ」

「……十年前ですか?」

聞いてみたが、留以は余計なことは言わない主義らしい。じっと翔啓を見つめたのち、返事のかわりに智玄のうしろで頷いている。

「そうなのですか」

十年前に流彩谷へ、か。ということは、もしかして灯氏のことも知っているのではないだろうか。智玄が留以からそのあたりを聞いていないわけはないと思うが、いまここでその話をするわけにはいかない。

は、と翔啓は静かに息を吐く。体の奥に眠る重苦しさが重量を増した。

「すまない、誰か」

声をかけると、物陰からこっそりこちらを窺っていたのだろう宗主や舞光の弟子たちが数人顔を出した。

「はい、翔啓様」

「舞光と宗主に皇太子殿下がご到着だと伝えてください。案内は俺がします。あとで客間に茶と甘味をお願いします」

「承知いたしました」

伝えにゆくのはひとりでいいのに、皆が屋敷に駆け出す。皇太子の急な訪問に混乱しているに違いなかった。

翔啓は智玄を屋敷へと案内した。なにも用意をしていないから、皆になんとか急ぎ支度を整えてもらわなくてはならない。

智玄が宿泊する部屋はどこがいいのか舞光の指示を仰いで、食材は新鮮なものを。あれこれと考えを巡らせていると、前を歩いていた智玄が振り返る。翔啓に向かってにっこりと微笑《ほほえ》んで、機嫌がよさそうだ。

「美しいな。沁氏の屋敷は」

「気に入っていただき光栄です。しかし殿下、なにも支度が整っておりませんので、ご不便をおかけするかと」

「いらないよ。自分のことは自分でできる。急に来てしまったからね」

「先ぶれもなしだったものですから……」

「驚かそうと思ったんだ。しかし、心配いらないよ。寝具も着替えも持ってきたから」

あれ、と智玄は馬車を指さした。木箱や大きな包みを御者と留以が担いで運び、中庭に並べている。

「布団を持ってきたのですか！」

「うん。私は枕が変わると眠れないからね。あ、途中で都の店に寄ったから土産も持って来たんだ」

「殿下からお土産をいただくなんて。お気遣いありがとうございます。皆が喜びます」

「翔啓の双子の妹弟たちも喜んでくれるといいなと思って。私は初対面だから……すこし緊張している」

もしかして双子に会いたかったのか？　智玄と気が合うといいのだが。

「喜ぶでしょう。さ、お疲れでしょうからまずひと息つきましょう」

荷物を屋敷の中へ運ばせ、智玄を客間に案内した。

足を伸ばして座椅子に座った智玄は、すこし疲れた様子だ。

「殿下、お体のどこか辛いところはございませんか?」

「大丈夫だ。ありがとう」

「流彩谷では五日ほど前に大雪が降ったんです。その後に晴天が続いたから大体は溶けましたが、森の中や日当たりの悪い場所などはまだ雪が残っています。馬車が足止めを食らいませんでしたか?」

「いや。その心配はなかった」

「安心しました」

「今夜また大雪が降れば足止めをされたと理由をつけて、春になるまで流彩谷でのんびりできるのに」

「殿下ったら。叱られてしまいますよ」

ふたりで声をあげて笑ったときだった。「失礼いたします」と女子の声がした。

智玄がはっとした様子で、投げ出していた足を引き姿勢を正して座り直している。

菓子などを持って客間に入って来たのは双子の姉のほう。光鈴《こうりん》だ。

「お初にお目にかかります。光鈴と申します。殿下、ようこそ流彩谷へ」

いつもは弟を蹴飛ばしているのに、今日は宗主の娘らしく礼儀正しく所作も美しい。きっと大慌てで支度をしたのだろうが、いつもより髪飾りが豪華だ。耳飾りはいつも着けている、何年か前に麓の街で買ってやった緑瑪瑙《めのう》のもの。決して安物ではないが、光鈴も年頃の娘だ。もうちょっと仕立てのいいものを今度用意してやろうと思う。

「殿下、俺の義妹で双子の姉の光鈴です。殿下より少々年上になりますね」

さすがの光鈴も緊張している様子で、指先が震えている。粗相をしないよう細心の注意を払いながら茶を淹れてくれている。

「ありがとう。光鈴。そうだ、殿下にお土産をいただいたんだよ。お礼を」

「まぁ、ありがとうございます！　殿下にお会いできて幸せです」

緊張からか少し表情が硬いが、いい笑顔だ。持ち前の明るさでこの場を切り抜けようとしている。

「舞光は？　宗主は出てこられそう？」

こっそり聞くと光鈴は、まだです、と小声で答えた。

舞元《ぶげん》はここ数日あまり調子がよくない。息切れが酷いという。銀葉が毎日通ってくれているが、冬の寒さがこたえているとのことだ。去年よりもあきらかに弱っている。

「殿下、申しわけございません。父の加減があまりよくないので、仕度にお時間をいただいています。兄がつきそって参ります」

「そうか」

「殿下、すぐにお出迎えをできず大変失礼をしております。父に替わってお詫《わ》びを」

頭を下げようとする光鈴の手を、智玄が止めた。

「詫びなくていい。体のほうが大事である」

智玄が気遣ってくれるおかげで、こちらの気持ちが和らぐ。

光鈴と目が合ったので「よくできたね」という思いを込めて頷くと、ほっとしたのか白い歯を見せた。光鈴は茶杯を智玄の前に差し出して、智玄に向かってにっこりと笑う。智玄はというと口を半開きにして動かない。

「……殿下?」

どうしたのだろう。光鈴をじっと見つめたまま、固まってしまった。

「殿下、どうかされましたか?」

光鈴も首を傾《かし》げる。

「殿下?」

もう一度声をかけるとようやくこっちを向いた。

「あ、ああ。茶をありがとう。こ、光鈴殿」

智玄は真っ赤な顔をして光鈴が淹れてくれた茶をひとくち飲み、ぎこちなく茶杯を置く。

「はい！　それでは失礼いたします」

立ち上がった光鈴の衣が翻って、それが気になったのか智玄は光鈴を見あげて何度も瞬きを繰り返している。そして、部屋を出ていく彼女の姿を目で追った。戸が閉まってもまだ見ている。

……おもしろい。

「翔啓、彼女は何色が好きか?」

「殿下。光鈴は緑色が好きです」

智玄は光鈴が去った戸を見つめたまま「そうか。緑か」と呟《つぶや》いた。

「私も緑色が好きだ。というかいま好きになった」

「そ……それはなによりです」

からかうわけではないが、智玄の心の変化を否定せず、なんとかよいほうに誘導してあげたい気持ちになってしまう。お節介だろうか。

「あとはなにが？　食べ物は？　胡桃《くるみ》の焼菓子とかは？」

「甘味は好きですよ。胡桃のもの以外にも月餅《げっぺい》とかごま団子とかも好きですね」

「街に戻って買ってくる。留以を呼べ」

智玄は勢いよく立ち上がる。

「いや、ちょっと」

「あと最高級翡翠の耳飾りを皇宮御用達の職人に作らせる。首飾りと腕輪も、あと佩玉《はいぎょく》も」

「なにをおっしゃいますか」

「私はすぐ戻るから！　どこへも行くなと光鈴殿に伝えてくれ」

「殿下！」

これが一目ぼれというやつだろうか。静羽のことは諦めてもらわなければならないので、好都合ではあるのだけれど。

光鈴か……智玄は年上の女性が好きなのか。

「到着したばかりでまたお出かけになるなんて。それに、光鈴の家はここですのでずっといますよ」

「いなくなるかもしれないだろう！」

どこに？　思わず首をひねる。

将来智玄は独占欲の強い男になるのかもしれない。

「……落ち着いてください、殿下」

重症だな。とはいえ、もしかしたら一過性のことかもしれないので、あまり燃えあがってしまうのもどうかと思う。無駄に焚きつけないようにしなくては。

「なんと……翔啓の妹君があのように可憐で美しかったとは」

「そ、そう言っていただけて光栄です。自慢の妹ですので」

美人であるのは間違いないが、可憐《かれん》かどうかは悩ましい。弟の羨光よりも強く逞《たくま》しく、飛び蹴りをしたり屋敷の屋根に飛び乗ったりすることは黙っていよう。

「恥じらいの笑顔がなんとも奥ゆかしく、あとはそうだ、指も爪も綺麗だった。流彩谷の者は瑠璃泉のおかげなのか、肌がきめ細やかで艶がある。あんなに美しい女子は見たことがない。……もっと触りたい」

「無理に触ったら光鈴も怒ると思いますが」

「怒られたい！」

独占欲が強く好きな女子に叱られたいのか。ちょっと共感ができないが、その思いは否定すべきではない。

「この世に存在しないような唇と頬の色だな。光鈴殿の前にあっては皇宮の庭、いや悠永国に咲く花はすべて枯れると思うんだ」

「さ、さようでございますか」

麓の街で売っている紅を使っているはずだが。

「殿下、お疲れでしょう」

「疲れてはいない！　むしろ力がみなぎる」

「それはなによりで……」

「翔啓。光鈴殿とお話がしたい」

「承知しました。屋敷を案内させましょうか」

「それはいいいな！」

智玄は光鈴を気に入ったのだな。これがどういうことになるのか、まだ考えたくはないけれど、ひとりの友としてならば交流があってもいいだろう。

智玄は皇太子だ。流彩谷へ出かけてくるのはわがままで片づけられても、女子のこととなれば話は別だ。

そのとき、また客間に訪ねてくる者がいた。宗主の舞元と舞光だ。

「皇太子殿下、ようこそ流彩谷へいらっしゃいました」

舞元は舞光に支えられながらゆっくりと歩いていた。翔啓もすぐに立って、手を取ってやる。

「舞元。久しいな」

「殿下。出迎えが遅くなりお詫びを……このように体がいうことを聞かず、殿下のお相手もできません……」

「無理をしなくていい。休んでくれ」

「申し訳ございません」

座椅子に舞元を座らせたが、ここまで来るのに急いだのか、呼吸が少し荒いようだ。舞元の部屋へは用事がない限り呼ばれないので、こんなに弱っているとは思ってもみなかった。握った舞元の手は細く、皺《しわ》も深かった。

「挨拶だけで失礼するご無礼をお許しください」

こほ、と舞元は咳《せき》をした。

「本当に無理をしないでくれ。沁氏には感謝をしている。私はもう健康そのものだ。舞元に会って直接伝えられただけで私は嬉しい」

「舞光と羨光もおりますので、滞在中は殿下に仕えるようにさせます」

「翔啓がいるので私はなにも不自由はしていない」

翔啓は智玄と舞元の話を黙って聞いていた。

そうだ。智玄の面倒を見るのは翔啓の役目である。舞光が心配そうに翔啓を見ていたので、胸をぽんぽんと叩いて「任せて」と目で合図をした。

「沁氏の屋敷も美しく、ここまでの流彩谷の景色も素晴らしかった。森と水と、空気も綺麗だった。自然が豊かでいいところだ」

「気に入っていただけて光栄です」

舞元に代わって舞光が返事をする。翔啓は舞元の背中をそっとさすってやった。ありがとう、と小さな声が返ってきた。

「ゆっくり楽しみたいので、しばらくいることにした」

智玄がそう言ったので、翔啓は驚いて彼を見る。すると「いいでしょ?」という顔をした。

「殿下のお時間の許す限りお過ごしくださいませ」

「うん。礼を言うぞ、舞光。学びたいこともあるし。そうだ……舞元、舞光。沁氏の書庫には私が読んでもいい書物はあるか?」

智玄はただ興味本位でそう言っただけなのだが、翔啓は少し背中が冷えた。あの文箱《ふばこ》を思い出した。灯氏宗主である宋静が舞元に宛てて書いた文。宋静にはひとり息子がいて、その名は嵐静。

静羽の本当の名前だ。

翔啓は思わず息を止めていた。

「殿下にお見せできないものはありません。なにかご興味があるのでしたら、翔啓に言いつけていただければ」

「北部のこと、流彩谷の歴史ももっと知りたい。とにかく美しいところだから」

「ありがとうございます。殿下のよき学びとなりますよう、我々も微力ながらお手伝いさせていただきます」

勝手にしばらくいることにした、だって。きっと帰りの予定は決まっていたに違いないのに。

「湯の準備をさせましょう。瑠璃泉は疲労の回復に効果がありますから、殿下の長旅の疲れも癒されましょう」

「それは嬉しい！　ありがとう舞光」

また舞元がこほこほと咳をした。

「舞元、無理するな。休んでいい」

「父上。殿下がこうおっしゃってくださるから、お部屋に戻りましょう。殿下、失礼をお許しください。父は少し加減が悪く」

「気にしないで。私の父上も臥せって長いからよくわかる。大事にしてくれ」

「申し訳ございません。……翔啓、あとは頼みました」

「はい」

ゆっくりと立ちあがる父の体を支えながら、舞光は部屋を出ていった。

「殿下、すこしお待ちくださいね」

翔啓はふたりのあとを追った。

「翔啓、こっちは大丈夫だから。殿下をおひとりにするな。なにかあったら大変だ」

「わかっている。すぐ戻るから……殿下、麓の宿に側近さんたちを置いてきたらしいんだ。あとで同行の留以殿にどこの宿か聞いておく。万が一のときには知らせなくてはいけないから」

「そうだったのか。わかった」

ふたりの会話を聞いていた舞元が咳をした。

「……さ、こっちはいいから殿下のところに戻りなさい」

「うん。宗主、失礼します」

舞元は手をあげ、それを返事とした。舞光と舞元を迎えに来た使用人に、光鈴を呼ぶように声をかける。翔啓はふたりに背を向けて、急いで部屋に戻った。智玄は光鈴が持ってきてくれた砂糖がけの豆をかじっていた。

「殿下、毒見もせずに」

「光鈴殿が持ってきてくれたものに毒なんて入っているはずない。栄養しかない」

「……ですが、念のため俺が先に食べてから」

「翔啓は友人であって毒見じゃない。そういうのが煩わしいからしばらくこっちにいるってことなんだ。翔啓ならわかってくれるであろう？」

智玄は頰を膨らます。翔啓は悠永城の者でも智玄の側近でもない。こういうときはどうするのが一番いいのかわからない。あとで留以に聞いてみよう。

「翔啓。書庫にある本は光鈴殿も読むのか？」

「そうですね。薬草の本がありますから、小さな頃から学びます。宗主と舞光の弟子たちが座学で学ぶものはまた違う場所にあるのですが」

「楽しそうだ」

「湯の用意と夕餉まではまだ時間があるので、行ってみますか？」

「行こう。光鈴殿も来ないかな」

「そう思いまして、声をかけておきました」

智玄の笑顔が弾けた。

「本当か！」

「はい。そろそろ来るかと……」

嬉しさに智玄が頰を真っ赤にしたとき、丁度よく光鈴が息を弾ませてやってきた。

「お呼びでしょうか。兄上」

「俺ではなくて殿下がお呼びなんだ。光鈴、襷がつけっぱなし。外して」

なにか仕度を手伝っていたのか、光鈴は襷を急いで外した。なんだか振りまわしているようでかわいそうになる。光鈴のそばへ寄り小声で声をかけた。

「忙しかったたな。ごめん」

「いま大根を煮ていたんです」

「支度は皆に任せて……この屋敷をご案内しよう。殿下、光鈴もいてくれると嬉しいんだって」

「……私？」

なぜ自分がと首を傾げる光鈴。智玄は眉間に皺をよせてこちらを見ているが、自分からはなにも言わないようだ。

「殿下、早速書庫へご案内します。光鈴も」

「そ、そうか。こ、光鈴殿も一緒に」

「はい。殿下、こちらへ。ご案内いたします」

三人は客間を出た。中庭を眺めながら廊下を進んでいて、光鈴は智玄の隣に寄った。翔啓はふたりのうしろを歩く。智玄の肩に力が入っているのがわかる。

ふたりの身長は同じくらい。智玄はこれから背が伸びるだろう。光鈴は女子だからそう大きくもならないと思うけれど、舞元も舞光も背が高いから血筋で女子の中では高い方になるかもしれない。

なんとなくだけれど、もしかしたら、光鈴は智玄のもとにいくのかもしれないな。愛されているのならばきっと問題ない。年齢的にはまだ早いのかもしれないが、智玄が望めば光鈴は皇太子妃だ。光鈴も智玄を受け入れて、相思相愛ならばいうことはない。皇太子に見初められるなんて、沁氏にとっても栄誉あることだ。

「こ、光鈴殿」

「はい、殿下」

智玄が光鈴に話しかけた。きっと勇気を振り絞って会話をしようとしているに違いない。がんばれ、殿下。思わず拳を握ってしまう。

「何色が好きだろうか？」

「色ですか？　ええと……緑に、青でしょうか」

「緑と青か、いいな。私も好きだ」

「流彩谷が纏《まと》う色です。森の緑、そして空と瑠璃泉、流れる川の青」

「うん。たしかに美しかった」

「殿下に見ていただいて光栄です。流彩谷の色は幸せの色だと思うんです」

「……幸せの色か。光鈴殿は素敵な人だな」

「そんなこと！　殿下も聡明で素敵な方です！」

なんだこのふたりは……。聞いているこっちがむずがゆくなるような会話だ。

おてんばな妹が、いざ嫁入りの気配がしてくると、兄としてはなんだかこう胸がざわざわしてくる。

智玄が皇太子だからなのではない。わがままだし勝手だし、父の後宮に忍び込むような男だからだ。それに、ついこの間まで静羽を好きだったのではないのか。

静羽は男だけれど。

なんだか腹が立ってきた。いや、光鈴にとってもきっと悪い話ではない。なんといっても相手は皇太子なのだから。でも、だからこそ苦労をするかもしれない。悩ましい。妹を持つ兄というのはこんなに悩むものなのか。舞光にも相談しよう。

「殿下、つきました。ここが書庫です。書斎も繋がっていますから、中で読み書きできます」

「……翔啓、なんか怒っていないか？」

「怒ってなんかいません。はいはい、ふたりとも入りましょうね〜」

乱暴に書庫の戸を開けて、翔啓は先に智玄と光鈴を中へ入れた。

「殿下、光鈴のほうがきっと書棚と書物に詳しいです。俺はあまり当てになりません」

「でも翔啓、岩香熱と流彩谷の歴史書は読んだのだろう？」

「はい。ですが、情報量的には悠永城の蔵書のほうが優れていると思います。ここは欲しい情報はありませんでした」

どれを読んでも同じようなことが書かれてあって、まるで記憶がない自分のことのように思えて気が滅入ったのだ。

「翔啓兄、岩香熱のことを調べていたんですか？」

光鈴が見あげてくる。

「うん。光鈴も読んだことがあるだろ？」

「ここの本は大体読んでいますから。岩香熱だけを取り扱ったものでしたら、分厚い本で症状などが詳細に書いてあるものは知っています。医学書に近いというか。あの病は治療法がなく感染力も強く、罹患《りかん》すれば致死率も高いので簡単に村がひとつなくなったりするのですよ」

翔啓も読んだからそのあたりはわかる。ただ、知りたいのは症状や治療法の有無ではなく、岩香熱に関わりそして死んでいった者たちの歴史なのだ。歴史を知れば人の記憶に近づく。

「そうか。医学書じゃないほうがいいのかな……」

翔啓はぽつりとつぶやいた。

「だったら私、翔啓兄と一緒に探しますよ？」

「いや。俺よりも殿下のことを。光鈴に任せた」

「翔啓兄ったら……」

「じゃあな。俺はちょっとあっちの棚を見てくる。岩香熱はひとまず置いといて、流彩谷の酒の本があったはずだからな」

ふたりをその場に残して翔啓は書棚のあいだを縫って行った。距離を取ればなにをしているかわからないし、向こうの話し声も聞こえない。

あの文箱がある書棚へ行く。以前と同じく書棚の一番下に黒塗りの文箱はあった。床に胡坐《あぐら》をかき、文箱を開ける。中をあらためて探っても、特に変わりはなかった。すべての手紙をもう一度読んで、嵐静という名で目が止まる。

沁氏の二番目の若君に息子の嵐静が助けていただいた、と書いてある。これをはじめて読んだときは羨光のことかと思ったが、たぶん、この二番目の若君とは翔啓のことなのではないか。

静羽は嵐静で、彼は翔啓の胸の傷を知っている。出会ったときに「きみのことは知らない」と言ったのは嘘なのだ。

どうして嘘をついた？　彼の嘘はこの胸の傷に繋がるのだと思う。推測だけではっきりとしたことはわからない。

混乱してきて、また頭の奥がチクリと痛む。

「おっと……」

持っていた文箱を取り落としてしまった。カランカランと音を立てて床を転がる。

「翔啓兄？　どうしましたか？」

「なんでもないよ。箱を落としただけだ。驚かせてごめん」

逆さまになった文箱から文が散らばっている。傷がついてはいないだろうかと心配しながら、文箱を拾いあげたときだった。底が半分剝がれている。壊してしまった？　そう思って指でつまんだとき、なにかが挟まっているのが見えた。

「なんだろう？」

それは封筒だった。

よく見たら箱の底は二重になっていて、その封筒は隠されていたように思える。そっとその封筒を箱の底から引き抜く。光に透かすと中身があるから、文なのだろう。宛名も差出人も書いておらず、ところどころ茶色く汚れている。なにが書かれてあるのか、興味本位で読んではいけないような気がしてならないが、開封されてあったので中身を取り出してみた。こちらも汚れている。開いてみると殴り書きのような文字で短い文章が綴《つづ》ってあった。

「灯氏の大勢が怪我をして……救助を願う……？」

助けを求める内容だ。乱れた文字から必死さが伝わってくる。それと、もうひとつ願いが書かれてあった。

紅火岩山は焼かれる。もし妻と息子の嵐静が流彩谷へ逃げ延びたら、助けてやってほしい。

差出人は灯宋静。茶色い汚れは血だとわかった。

これはいったいなんだ。灯氏宗主が沁氏宗主に助けを求める内容ではないか。日付は記されていないけれど、怪我人とは？　妻と嵐静？　逃げ延びる？　どういうことだ。

「灯氏は岩香熱のせいで滅びたんじゃないのか？」

この文は舞元宛てである。「大勢が怪我をしている」と書かれてあるから、灯氏は岩香熱で滅びたのではない。怪我をしたのなら災害か襲撃か？　それに、助けてほしいと書かれてあるのに沁氏では灯氏を匿った形跡はない。聞いたこともない。

翔啓は文を持って智玄のもとへ向かった。

「殿下、あの……」

声をかけようとしたら、書棚の向こうから楽しそうな笑い声が聞こえてくる。そっと書棚の陰からのぞくと、ふたつの背中が見えた。

「私は剣術や体力作りはあまり好きではないから、文武両道でなくてはならないと母に叱られる」

「殿下のことを心から思っていらっしゃるのです。皇后陛下は」

「……光鈴殿の母上はどんな人だった？」

「私と羨光が幼い頃に他界しましたのであまり記憶がないですが、優しい笑顔だけは覚えています」

「そうか。辛いことを聞いた」

「いいえ。兄たちも弟の羨光も大好きな家族ですので、寂しくはありません」

静かで優しい空気がふたりを包んでいた。まるでこっち側が曇っているかのように思えてならなかった。

翔啓は封筒に文を戻し、懐に入れる。書庫に並ぶ文机へいって座り、適当に書棚から抜き取って来た本を広げて並べた。懐からさっきの文を取り出して、汚れを指でなぞる。触れたところでなにも思い出さず、なにもわからなかった。静羽、いや嵐静の頬に触れたときと同じ。

この文に書かれてあることは舞元に聞かないとわからない。ただ、教えてくれるだろうか。灯氏が滅亡したのは岩香熱ではないと思う。嵐静もなにかを隠して「疫病で滅んだ」と智玄と翔啓に話したのだ。これは流彩谷と紅火岩山の歴史の暗闇ではないのか。宗主がなにを知っているとしても、実子ではない翔啓に、重要なことを話してくれるだろうか。

なんだか胸の奥が苦しい。逃げ延びたなら助けてやってほしいと書かれてあった嵐静はいま、悠永城の後宮にいるのだ。たったひとりで。

「なにがあったんだ、十年前」

結局はそこへ行きつく。自分に昔の記憶が少しでも残っているのなら、なにかつながるかもしれないのに。苛立《いらだ》って仕方がない。

外の風に当たりたくなり、ふたりに気づかれないようそっと書庫の外に出た。壁にもたれて深呼吸を繰り返していたが、胸の奥がずっとつかえたままだ。

持ってきてしまった封筒を見つめる。

血で汚れた手で助けてほしいと綴ってあった。妻と息子のことも。その願いはどうなったのだろうか。

嵐静は後宮にいる。一緒に逃げた彼の母親はどうなったのだ。たくさん聞きたいことがあるのに、簡単に会うことはできない。

誰のためにあんなところにいるんだ。溢れ出る問いは空中に溶けていく。気づかないうちに涙が頬を伝って、なぜ泣いているのかもわからない。

どうしてこんなに悲しくて涙が出てくるんだろう?

ふと自分の胸元を見ると衣に血の染みが広がっていた。また古傷から出血をしているようだ。

「またか」

こんな姿を智玄と光鈴には見せられない。舌打ちをして袖で胸元を隠した。

「光鈴！」

書庫の外から声をかけると「はい」と返事が返ってきた。

「俺、ちょっと部屋に忘れ物を取りに行ってくるから」

「わかりました」

「殿下を頼む」

着替えてすぐに戻らないと。急いで部屋に戻る途中「若君」と誰かに呼び止められた。振り向くと、腕組みで仁王立ちをしている留以だった。

怒っているのか？　なにか悪いことをしただろうか。

「留以殿……なにか御用ですか？」

「殿下は書庫に？」

「はい。妹と、光鈴と一緒です。俺もすぐに戻りますから」

「翔啓殿はどうかされたのですか？　顔色が悪いが」

「いや別に。顔色が悪いのは生まれつきでして」

早く自室に行きたいのに足止めを食らうとは。取り繕ってこの場をやり過ごしたい。焦ったからか、持っていた宋静の文を落としてしまう。

「なにか落としましたよ」

「すみません。なんでもな……」

拾おうとして伸ばした手をつかまれ、思わず身構えた。

「……血が。どうされたのです。誰の血だ？」

留以の鋭い眼光が翔啓の動きを封じるように突き刺さってくる。手だけでなく、衣に血の染みが広がっているのを見て、ますます留以の顔が険しくなる。

「えーと。すみません、わけを話しますからちょっとこっちの部屋にどうぞ」

戸を開け室内に誰もいないことを確認して、近くの一室へ留以を引っ張り込んだ。

誰も使っていない部屋だが、近くに誰かがいるかもしれないし、あまりうるさくはできない。ただ、留以を無視して振り切ることはできなかった。

「落ち着いて聞いていただけますか？　これはね、なんでもありません。鼻血です」

「誰かにやられたのですか？　まさか殿下を狙った何者かが？」

「いえ。殿下はご無事。これは鼻血です！」

「鼻血じゃないのは見ればわかる。嘘をつかないでください。若君」

侍医殿では鼻血で誤魔化せたっていうのに、嘘だってわかるのか。留以は翔啓の血のついた手を捻《ひね》りあげてきた。

「痛い！　乱暴！」

「正直に言いなさい。さもないと殿下に危害を加えようとしたとして斬り捨てます」

「なんでそんな……わかった！　話しますって！　だからこの手を放してくれ」

自分がどれだけ太い腕をしているのかわかっているのだろうか。下手に抵抗したら骨折させられそうだ。渋々手を放した留以は、いつでもひねり潰せるとでも言いたげに、翔啓を睨んでいる。

「あの、殿下にも内緒にしてくださいね。俺、どこも怪我をしていないのにちょっとこんな風に体から血が出ちゃうんですよ。不思議でしょう？」

「なんの奇病ですか？　それは」

「いたって健康なんですけれどね……まぁこれにはいろいろと」

笑って誤魔化すが、留以はにこりともしない。

厄介なことになったな。これではすぐに智玄たちのところへ戻るのは無理だ。

「えーと、すみません。留以殿、このことは見なかったことにしていただければ。

家の者は誰も知らないので。怖がられてしまいますから」

「誰も知らない？」

「はい。あ、ただで黙っていてほしいなんて言いません。流彩谷のいい酒があるんです。それで！」

ここで騒がれては困るから賄賂作戦だ。提案したものの、留以の顔色が変わらないから彼は酒を飲まないのかも。じゃあなにか違うものをと考えていたら「驚いた」と留以は口角をあげた。

「よく生きていましたね。沁の若君」

「え？」

生きていた？　なんのことだろう。留以の言うことがよく理解できない。

「……いま、なんて？」

「瀕死の重傷だったはずなのに。よほど運と生命力が強いらしい。瑠璃泉で育ったおかげなんだろうか。ちょっと変な体になられたようだが」

「変な体って言わないでほしいんだけど」

なぜ皇太子側近が翔啓の怪我を知っているのだろう。混乱してなにがなんだかわからなくなった。

「……俺と会ったことがあるのですか？　留以殿が？」

「ええ。若君。俺はあなたを知っている」

「俺は留以殿のことを知らない」

「まぁ、怪我をしたあなたを馬車で簡単に介抱しただけですから。覚えていなくても仕方がない。止血もうまくいかなかったのに、よく生きておられた」

怪我をしたところを助けられて、運ばれた馬車で介抱してくれたのが留以。なぜ怪我をした？　馬車とは？　頭の奥に微かな痛みを感じた。

「十年前、皇太子殿下がお生まれになる少し前。まだ殿下が皇后陛下のお腹にいたころの話です。我々は陛下のお忍びに同行していて、彩流谷で怪我をしたあなたを助けました」

「……怪我をした俺を？」

「そうです。あのときの子供ですね、あなたは。本当によく生きていたものです」

まるで懐かしい再会をしたような、笑顔はないがこちらを案じていたという気持ちが伝わってくる。

「留以殿。申し訳ないが、実は俺、子供の頃の記憶が抜けていて……」

留以は「記憶がない？」と首を傾げた。

「そうなのですか。怪我のせいなのですか？」

「ええ、たぶん。話をもとに戻したい。留以殿、怪我をした俺の当時のことを教えてください。なにも覚えていないのです」

「ちょっとお待ちを、翔啓殿。俺は余計なことを言っているのでは？」

はじめて留以が焦りを見せた。まさか翔啓が記憶をなくしていると思わなかったのだろう。

「いいえ。余計なことではありません。俺の過去を知る留以殿に会えて嬉しいです。だから教えてください」

「しかし……」

「大丈夫。留以殿がなにを言っても俺の心だけに留めます。お願いします。いまはあなたしかいないんだ」

嵐静には会えない。舞元と舞光も十年も黙っていたならそう簡単には口を開かないだろう。いまわかった。なにひとつ記憶を取り戻すような方法を取ってこなかったのは、翔啓のためではない。

きっとなにか言えない秘密があるからだ。それは灯氏の滅亡と関係している。

「確認をしたい。ひとつずつ……留以殿には迷惑だろうけれど、俺ちょっと混乱しているから」

「なんとまぁ……不自由なことになっているんですね。俺はただ昔話をしただけなのですが」

「いままでは不自由だなんて思ってはいなかったんですけれどね」

座って、と留以を促す。とても立っていられないのは翔啓のほうだった。

「留以殿が流彩谷に来たのは十年前。皇后陛下に同行していたのですか？」

「はい。護衛任務の部隊が結成されたのです」

十年前に妊娠中の皇后が流彩谷に来ていたこと自体は珍しいことではない。療養や治療で歴代の皇帝も訪れているのは文献で読んで知っている。

「その際に怪我をした俺を助けたと」

ええ、と留以は返事をして天井を見あげる。言葉の続きを待った。

「……表向きは」

「事実は違うということですか？」

留以はずいぶんと含みのある言い方をする。はっきりとしてくれればいいのに焦《じ》らす理由がどこにあるのだろうか。

「留以殿。教えてくれませんか？　俺、その怪我をしたときのことをすっかりきれいさっぱり忘れているのです」

「十年前のことをですか」

「時間の長さの問題ではない気がする。なぜ記憶がないのか、俺には誰かから聞いていくしかないんです。たしかにこの体には大きな傷跡がある。ただそれがどうしてあるのか覚えていない。記憶がないというのは不自由だ」

「翔啓殿の傷は胸ですよね？」

留以は翔啓の右胸を指さす。まさかこんなところで、過去の記憶に繋がる人物と会えるとは思わなかった。知っていることを教えてほしい。翔啓は祈るような気持ちで留以を見る。

「留以殿。あなたの話を聞きたい。教えてほしい」

「本当にいいのですか？　俺は黙って帰ることもできます。知らないほうがいいこともありますが」

翔啓は首を横に振る。

「助けたいひとがいるんです」

どうやって助けられるのかはわからない。ただ、なにもせずにはいられない。

留以はなにか考えているのか目を閉じた。しばらくして目を開き、わかりました、と静かに口を開く。

「彩流谷での出来事から三年後、皇后護衛任務隊の仲間は隊長を含め、任務中に全員死にました」

「全員？　随分と大きな損害を受けた任務だったのですね」

「西部のとある村で悪事を働いた山賊の討伐任務でした。任務中、長雨で地盤が緩んでいる谷で土砂崩れが起きて皆が生き埋めに」

「生き埋め……？」

仲間を亡くした留以の気持ちは想像を絶する。翔啓は息を飲んだ。

「留以殿はよくご無事で」

「俺は腹痛を起こして、出陣できなかったのです」

彼もひとり生き残った側の人間なのか。

「だから、十年前の護衛任務隊の中で、あなたのことを知っているのは俺だけです。あなたを抱きあげて馬車に運んできた隊長も死んだ。あの場で起きたことを全部知っていた人です」

留以はそこで言葉を切った。

「俺は……任務に出られずに自分だけが生き残った意味を考えていました。きっと翔啓殿に伝えるためだったのかもしれません」

屋敷へ到着したときの張りつめた雰囲気は消えて、なんだかほっとしているような、柔らかい優しい空気を纏う留以。大きな体と鋭い眼光からは想像できなかったが、本来は心の柔らかい青年なのかもしれない。

「いままで誰にも話したことがなかった。生きている翔啓殿に会って、伝えようと決めました」

「教えてください。どんなことでもいいです」

「翔啓殿。俺がいまから言うことは独り言だと思っていただきたい」

翔啓は黙って頷いた。胡坐をかいて座る留以の言葉を聞き漏らすまいと、揺らぐ気持ちを抑えて集中した。

「俺はこの体を張って皇太子殿下をお守りすると誓っています。俺のような者を必要としてくださるし、殿下をお守りすることが俺の生きがいで、存在理由だからです」

言い切る留以を羨ましいと思う。そこには主従関係だけで片づけられない、智玄と留以の強い繋がりがあるのだろう。

「たとえ殿下に近しい者でも、害そうとするなら俺は迷わずに剣を振ります。それに、殿下が悲しむようなことをするなら許せない」

「悲しむ？」

「殿下を産んだ方がどんな地位であっても、許せないことがあります」

皇后のことか。留以は膝の上で大きな手のひらをぎゅっと握った。

「俺はこの目で見た。あのお方は命乞いをする人を剣で刺したんです。殿下がお腹にいるのに、自らの手で……ふたりの少年でした」

雨が降っていました、と留以はため息交じりに言う。

「そのひとりが若君。あなただ」

ふたりの少年を皇后は手にかけた。そのひとりが翔啓。この胸の傷は赤子の時についたものなどではなく、皇后につけられたもの。

想像もしていなかった事実に、指先が冷たくなってくる。

皇后がどうして……？

「俺は馬車のそばにいたから、川にかかる桟橋でなにが起こっているのかいまいちわからなかった。でも、叫び声が聞こえて振り向いたら、取り囲むように立っている兵士たちのあいだから、血だらけで倒れる翔啓殿が見えた」

すっと血の気が引いて、思わず右胸の傷跡をおさえる。血は止まっているが、留以の話を聞いた影響で体がどんな反応をするのか恐怖を感じる。

「一部始終を見ていたのは隊長です。だから、俺の記憶と隊長から聞いた話を合わせて伝えます。隊長はぐったりとした翔啓殿を馬車に運んできた。俺に止血を指示すると、血だらけのあなたに言った。聞こえるか、あの声がって」

キン、と耳鳴りがした。翔啓は思わず耳をおさえる。

「お前がここで死ぬならそれは運命だ。あいつの声が聞こえるかって。そのとき、隊長が馬車の物見窓を開けたので、俺にも見えたし聞こえました。翔啓殿と同じ年頃の少年が、皇后に土下座をして命乞いをしているのを」

は、は、という自分の短い呼吸と、雨音が聞こえる。外は晴れているというのに。

「翔啓を助けてください。そのためならなんでもしますって」

「その……少年って」

「彼の名は、嵐静」

俺はどうして覚えていないのだ。

命をかけて守ってくれたというのに、再会してもなにもわからず、声を聞いても体に触れてもなにも思い出さない。

翔啓は両手で目を塞いだ。涙を見られたくないのではない。命乞いをする嵐静をひとかけらも覚えていないこの目は、光を見ることさえ許されない。

灯氏の若君であった嵐静。宋静の手紙にあった嵐静と親しくしている沁氏の若君は、やはり翔啓のことだった。舞光の言っていた「灯氏に友がいたのではないか？」というのも記憶違いではない。

すべて、翔啓が覚えていないだけなのだ。

「灯……嵐静」

「そうです。皇后を害そうとした罪で殲滅令が出されて滅亡した、灯氏の若君でした」

指のあいだから涙が伝っていく。

「殲滅令ってなんなんです？　灯氏は疫病で滅びたんじゃないのですか」

「真実がすべて伝わるわけじゃないでしょう。書き換えられたのでしょうね、歴史から。なにか理由があるのでしょうが、そこまでは俺にはわかりません」

それも皇后の思惑か。翔啓の心に黒い思いが渦巻く。病弱で皇后にべったりの、政から手を引いたような弱体化した皇帝をうまく使って灯氏を滅ぼし、それにきっと沁氏も操った。口も目も塞いで逆らえないようにしたのだ。

「翔啓殿。彼はあなたをかばって剣を受け……背中に切っ先が抜けるほどの怪我を負っているのに、倒れたあなたから離れなかったんです」

唯一の友は健やかでいられる。私がここにいるかぎり。

その言葉が何度も耳の奥を駆け巡る。嵐静が静羽となり後宮に潜んでいるのは、翔啓の命を救ったためだった。

なぜそんなことをした？

「俺の命なんて……どうして。なぜ嵐静は俺をかばったのでしょうか」

「よほど大切なご友人なのでしょうね」

「大切だったかどうか、それすらも覚えてないんです。俺は」

目眩に歯を食いしばったときだった。

「留以、翔啓！」

部屋の外から智玄の声が聞こえてきた。光鈴も一緒にいるようだ。どこへいったんでしょうね、とふたりの話し声もする。着替えて書庫に戻るつもりだったのに、もうここから動けない。涙を拭いて顔をあげたら、留以が心配そうにしている。

「大丈夫ですか？　翔啓殿」

「行ってください。殿下がお呼びです」

「俺、人を呼んできます」

「大丈夫。俺は平気です」

ですが、と留以は翔啓の肩をさすってくれる。涙が止まらないし、立ちあがることができない。だからって子供のように泣きじゃくっているわけにもいかない。

「行ってください。殿下にはあなたが必要ですから」

「翔啓殿」

「平気です。俺は大丈夫。行って」

あとで戻ってきます。そう言い残して留以は部屋を出ていった。翔啓は遠くに聞こえる三人の声を、意識を繋ぎとめる鎖みたいに辿っていた。

心の整理がつかない。自分の未来をあんな場所に縛りつけてまで、なぜ翔啓を救ったのか。なぜそこまでする？

翔啓を守るために、嵐静は姿を偽り後宮にいる。

十年間、彼が暗闇に閉じ込められていたのは己に原因があったと知り、まるで頭を殴られたようだ。なぜ後宮から出ないんだなんて、彼を責めてしまった。

「ごめん。嵐静」

翔啓は血のにじんだ胸に手を当てた。皇后の剣からかばってくれたんだ。でも、十歳やそこらの薄い体では受け止めきれなくて、こうして翔啓の体にも傷跡が残った。

こんなにも守られる理由がわからない。だから知らなくてはいけない。
失った記憶を取り戻すまで、なにも終わらないのだ。

第三章　塗り潰された真実

「ねぇ静羽。この饅頭《まんじゅう》も美味《おい》しいわよ」

机にたくさんの菓子を並べて、女子は茶を飲んでいる。嵐静はため息をついた。

「涼花《りょうか》」

「なぁに？」

「こんなところで油を売ってないで、もう持ち場に戻ったらどうだ？」

「皇帝陛下がいらしてるのよ。何カ月ぶりかしら」

皇帝の渡りがあっても静かな後宮とは不気味だ。あまりにも皇帝に力がないからだろうか。

「だったら余計に持ち場にいないとだめなのではないか？　こんなところで菓子ばかり食べて……」

いいのよ、と涼花は砂糖がけの豆を口に放り込む。

「皇后陛下は皇帝陛下がいらしてるときはいつもひと払いをするわよ」

「そうだったか？」

「静羽は皇后陛下のお世話はしないから知らないわよね。皇后陛下は自分以外の女子を皇帝陛下の視界に入れたくないの。必要最低限の宮女だけに世話をさせるの」

「ふうん」

嵐静にとって心底どうでもよい情報だが、きちんと話を聞かないと涼花に怒られる。

「嫉妬深いというか、どうしても皇太子殿下だけを後継者にしたいって感じ。以前、里帰りしたとき、後宮内の女子が勝手な真似《まね》をしないよう、ご自分の寝室に毒の瓶を並べて出発したというのは有名な話よ」

「なんだそれは。毒の瓶だって？」

「自分の留守中に皇帝陛下と通じたら、これを飲ませるぞってこと」

あの女ならばやりそうだ。皇帝は皇后の言いなりだが、それは愛情ではないのではないか。昔は皇后だけを寵愛《ちょうあい》していたとはいうが。寵愛が続いているのか、それとも皇后の妨害のせいなのか、世継ぎは智玄しかいない。

「……皇后は里帰りをしたことがあったのか」

「うん。皇太子殿下ご懐妊前のことよ、たしか」

悠永国後宮に入れば、出ることは容易ではない。しかし、当時皇后の里帰りは許されたのかもしれない。

「皇后は白氏《はく》の出自だったな」

「そう。白栄凜《えいりん》様よ。当時の白氏宗主の姪《めい》だったときに後宮入りして、陛下に見初められた。白氏の宗主は数年前に代替わりしているけれど」

「宗主の娘ではなかったのか」

「知らないの？　ご令嬢じゃないわね。でも宗主の娘でないことなど大して重要じゃない。後宮で皇后まで昇りつめていまや国の実権を握っているようなものですもの」

　南部の白氏は悠永国の中でも歴史の古い名家である。

「皇后陛下が里帰りのときに子宝祈願をした白氏の領地、花郷地《かごうち》にある洞窟廟《どうくつびょう》はいまでも子宝祈願の名所ですからね」

　嵐静自身、南部にはいったこともないので未知の地域だ。思えば北部の流彩谷と紅火岩山しか知らないのだなと思うと、狭い世界で生きていたなと感じる。

「あたしはその里帰りのときはまだここにいなかったけど、南部から北部を経由して戻っていらしたってきいたわ。のんびりと羽を伸ばせていいわねぇ……そんなに旅をしてきたらさぞ楽しいでしょうね」

「北部？」

「うん。皇帝陛下のために瑠璃泉でも貰いにいったのかもしれないわね」

皇后が北部に来たと公にされていたのは懐妊後だったし、その前に北部に来ていたとは聞いたこともない。南部の里帰りの延長で完全にお忍びだったのか。

「そう言えば、皇太子殿下がおひとりで歴遊中なのよ。北部に」

「……そうなのか」

「流彩谷の沁氏のところにいるらしいわ。ほら、二番目の若君。仲よくなって殿下のほうから会いにいっているらしいの」

翔啓を呼び寄せるのではなく、皇太子自ら訪問したということか。簡単に言えば遊びにいったのだと思うが。

「あちこち見てまわるのも悪くはないだろう。未来の皇帝なのだから」

「そうねー」

涼花はまったく興味なさそうにしている。嵐静は机に並べられた砂糖がけの豆をひとつ口に入れる。香ばしさと甘さが広がった。

「あ。でも夕餉の準備をしに戻らないと」

「じゃあもう行った方がいい。姿が見えなければ咎められるだろう」

「そうね。あ、お菓子は置いていくから食べていいわよ」

「……ああ。ありがとう」

こんなにたくさん置いていかれても困るのだが。智玄のように食べ過ぎて腹を壊さないようにしなければ。

「涼花」

「なに？」

「いや……気をつけて戻れ」

「はいはい」

じゃあね、と涼花は慌てて嵐静の部屋を出ていった。相変わらず騒がしい。

智玄は翔啓と一緒にいるのか。あのふたりはきっと馬が合って、これからずっとよい友情を育むのだろう。翔啓のように朗らかで奔放な性格の友人は智玄にとって悪くないのではないか。心配なのは、ふたりが灯氏のことをいつまでも探ることだ。ただそれも、皇后の「仕事」をすればきっと止めさせられる。灯氏の暗い歴史を終わらせ、そしてなにもかもを守ることができる。

今日、皇帝が久しぶりに後宮に渡っているのも、皇后が仕掛けたことだ。

後宮が寝静まるまでにはまだ時間がある。太陽が沈めば、嵐静は仮面をつけ、静羽になる。暗闇に紛れ皇帝がいる寝所に忍び込み、皇后の剣としての仕事をする。全部を終わらせる。それだけだ。

どんなかたちであれ自分はこの後宮から出る。出られれば自由に空を翔けることができる。それでいいじゃないか。

嵐静は砂糖がけの豆をひとつまた齧《かじ》る。

灯《とも》していた蠟燭《ろうそく》が燃え尽きた。嵐静は寝台から立ちあがり、仮面をつけた。音もなく部屋を出る。暗い通路を抜けて、ひんやりとした外気を頼りに建物の外へ出る。息が白かった。その息も隠すように、首に巻いた布を口元まで引きあげた。

すでにあたりは暗く、夜が物音を吸い込んでいるかのようで静かだった。後宮内には提灯《ちょうちん》がたくさん灯っていて、この場所全体がまるで漆黒の闇に浮かぶ宝石箱のようだ。煌《きら》びやかな風景に背を向けて、隠し扉や通路を使って皇后たちの部屋へと忍び込む。人払いをしていると涼花が言っていたとおり、皇帝がいるというのに警備が手薄。ふたりっきりにしてほしいとでも声をかけたのだろうが、側近もおらず、こんな状態で本当に皇帝がいるのだろうか。

なんだかおかしいな、と思ったときだった。

広い部屋の奥、天蓋がかけられた螺鈿《らでん》と金細工を誂《あつら》えた寝台に、誰かが横になっている。眠っているというよりは、腕枕をしながらなにか書物を読んで寛《くつろ》いでいるといった様子だ。

悠永国皇帝だ。

嵐静は十歳を過ぎて後宮へ連れてこられたが、皇帝をこんなに近くで見るのははじめてだった。天蓋越しではあるけれど、はっきりとわかる。何年か前、後宮の庭園を皇后と並んで歩いているのを目にしたことがあった。背が高く、切れ長の目が印象的な美男で、あのときは黒髪でいまよりも肉付きがよかったように思う。寝台で横になっている男は、頬がこけて寝間着から出た手首も細く、白髪交じりの髪を結い、顔の皺も深い。まるで枯れ木のような老人のように見える。

ついさっきまできっとここにいたのだろう皇后の残り香が鼻をかすめた。

「栄凜か？」

皇帝は妻の名を呼んだ。本当にこの部屋には皇帝しかいないらしい。

「……誰だ。お前は」

たとえ相手が皇帝であっても、問われて余計なことは答えない。嵐静は沈黙したまま皇帝に近寄った。

「しつこく呼んだのはこのためだったのか。朕は純粋に栄凜に会いたかったというのに」

話すだけでも疲れるのか、皇帝はそこでふうと大きく息を吐いた。病のせいかまったく覇気がない低くかすれた声、落ち窪《くぼ》んだ眼。このためだったのか、という言葉に微かに笑いが含まれている。

「いままで後宮に寄らなかったのは、栄凜が朕を遠ざけていたからだ」

嵐静は耳を澄ませる。何者かがどこかに潜んでいたらすぐに対応できるように。

「そう警戒せずとも、ここには誰もいない。ふたりきりになりたいと栄凜が申したからな」

だったら皇后はどこへいったのだ。湯あみでもしているのか。目線をずらし、なおも誰かが潜んでいないかと探った。皇帝のいうとおりならいますぐにでも首を斬ってしまえる。嵐静がそっと息を吐いたとき、皇帝が嵐静に向かって手招きをした。

「少し、話をしようか」

予想外の言葉に驚く。

おそらくは、抵抗されたとしてもさして手こずるようなこともないだろう。しかし、早く済ませてしまいたい気持ちと裏腹に、国の皇帝が自分を相手になにを話すのか聞きたいような欲もあって、じっと様子を窺った。

「それに、皇后の剣からは逃げられないと聞く。……そなたが静羽だな」

嵐静は短く息を吐いた。さすがに名ぐらいは知られていたか。

「お初にお目にかかります」

後ろ手に持った短剣を腰帯に戻した。

いままで手にかけてきた者たちは、命乞いの途中で斬った。静羽を最後の話し相手としては誰も見なかった。国の皇帝は妻でも息子でもなく静羽に手を伸ばしているように見える。

「滑稽だろう。このように枯れ木のような悠永国皇帝は」

首を横に振る嵐静に、皇帝はふっと弱々しく笑った。

「皇后に手綱を握られたただの老いぼれだと言われても仕方がない」

誰にも本心を話してこなかったのか、それは皇太子の智玄とも重なる。皇帝と違うのは、智玄は翔啓という友を得たことだろうか。

「朕はもう長くはない。自分の体のことぐらいはわかっている。誰かに命を取られるまでもない」

やはり病が体を蝕《むしば》み、先は長くはないのか。近いうち、悠永国は幼帝が即位する。

「父や祖父から受け継がれた国は絶えることはなく繁栄する。智玄がいるからな。

朕の血は途絶えたとしても、悠永国は時を紡いでいく」

　智玄の即位が近いことは誰しもが想像しているだろう。が、何気なく放ったと思われる言葉の違和感に気づく。

「血は途絶えたとしても、とは？」

　何気なくではなかったのか。最後の相手ならなにを話してもいいと気が緩んだのか。仮面で表情はわからないはずなのに「驚いたか」と皇帝は笑った。

「智玄は美しい顔をしておるからな。母親に似たのだ。皇后が産んだのは間違いない。しかし、あれは朕の子ではない」

「……まさか」

　なにかの勘違いなのではないか？　もしそれが本当ならば国を揺るがす大問題だ。皇帝がこのように病魔に蝕まれ、皇后以外の妃に渡ることがなくなって数年。智玄以外に男子がおらず、その智玄が皇帝の子ではない？

　動揺してしまい短剣を握る手に力が入った。己のことだ、皇后はわかっているはずだ。わかっていて智玄を産んだことになる。

「皇太子殿下はご存じなのですか？」

「知るはずがないだろう。だが、これから先はどうだろうな。いまは幼いが繊細なところがあるからな。朕がずっとそばにいたら、そのうち気づくのではないか」

まるでもうすぐいなくなるような言い方だ。体調を鑑みても嘘ではないのだろうが、思い出すのは父を慕う智玄の笑顔だ。真実を知ったら苦しむに決まっている。

「もちろん智玄の誕生は嬉しかった。光り輝く幸福を全部この小さな手に握らせてやりたいと、そればかりを願ってきた。朕の病弱な体を生きながらえさせてくれたのも、智玄がいたからだ。あれは朕の生きがいだ」

「なぜ違うと思われたのですか？」

嵐静が問うと皇帝はため息交じりに言葉を吐く。

「三歳くらいだったか……瞳だ。朕にも栄凜にもない目をしている」

そんなものでわかるのだろうか。皇帝の認識が間違っていたのなら、あんな皇后でも悲しむのではないだろうか。

「直接聞くことはなさらなかった？」

するわけがない、と皇帝は首を振る。その顔は病とは別なものの苦痛に苛《さいな》まれている。

「しかし、重大なことなのでは？」

「たしかにな。怒りよりも悲しみのほうが大きかったが、自分の子ではなかったとはいえいままでともに過ごした時間は、血など問題にならないほどに愛おしい」

「お気持ちはお察しします。ですが、真実なのでしたら、大罪です」

「朕は皇后に生きていてほしいからな」

もしかしたらこの人の中では、血よりも国を繋げていくことが重要なのかもしれない。それと、皇后を手放したくないのだ。皇后への愛だけで生きているような気がした。

「陛下だけだったのですか？　他に気づいた者は？」

「いまはもう生きてはいない」

殺したということか。そこまでしてなにを守りたいのだろうか、この皇帝は。皇后か、それとも智玄に慕われることか。少々気の毒だなと皇帝への同情がかすめたが、すぐに消え去った。

ふたりとも罪深い。そんなことで人の命を屑《くず》のように扱う。

確かめもせず、怒ることも罰することもしない。病で自由にならないのは体だけではないからなのか。

父親が皇帝ではない子を身籠って、そのまま悠永国の後宮に居続ける皇后の神経も理解ができない。放り出されたら最後、後宮にいた女子が後ろ盾もないまま生きてはいけないからなのか。放り出されるならまだいい。その場で親子もろとも殺されてもおかしくなかった。

「朕は甘いのかもしれん。本来なら栄凜も智玄も生かしておいてはならないものなのに」

皇帝は小さく咳《せ》きこんだ。

「どうしても手にかけることができず、ここまできた」

それならば真実はどこにあるのか。当然疑問に思うことを投げかけたくなる。話をしようといったのは皇帝のほうだ。躊躇《ちゅうちょ》せずに嵐静は言葉を投げた。

「……では、殿下は誰の子なのでしょうか？」

皇帝は首を横に振る。

「栄凜は白氏の出身で当時の宗主の姪にあたる。家のために仕方なく後宮入りを決意したのだと聞いた」

一族から皇后を出すのはたしかに名誉なことなのだろう。しかし、皇帝に見初められたい一心で後宮入りをする女子ばかりではない。かつての歴史の中には、まるで攫《さら》われるようにして後宮へ閉じ込められた妃もいたと聞く。

「栄凜には思い人がいたのだ」

皇帝はため息交じりに言った。

妃は出自を調査されるが、後宮に入る前の人間関係も隅々まで調べられるのか。

「……というのが調査した結果だが、年頃の娘だ。不思議ではない」

「調査をされたのは、殿下が陛下のお子ではないと気づいてからですか？」

「そうだ。しかし、そこまで調査を止めるよう指示したのは朕だ。必ずしも思い人が智玄の父親とは限らん」

調査を止めただと？　突きとめることもしなかったとは驚きだ。

「後宮に入ってから、こっそり会っていたのでは？」

「そんなことは不可能だ」

「後宮にはあちこちに隠し通路がございますこと、陛下もご存じかと思っておりました」

「それはそなたが熟知しているから言える。城内のものならいざ知らず、部外者が隠し通路を使えるわけがなかろう？」

ふん、と皇帝は苦笑する。

「後宮にいればその思い人とやらとは会えないはずだ。栄凜をずっと手元に置いておきたかった。たとえ朕を裏切ったとしても」

嫉妬か。

美しい花が手に入ったから、誰にも見せずに自分だけで愛《め》でたかったのか。その花には毒も棘《とげ》もあったのに。棘はもう深くまで入り込み、抜けることはない。

「思い人、ですか」

「他家の若者だった。そこまでは調査でわかった」

「他家とはどの地方を統治する一族なのでしょう。その者を陛下はご存じで？」

皇帝はなにも答えずにじっと嵐静を見た。皇后の思い人であるどこかの若君のことを、知っているとも知らないとも取れる。調査を途中で止めたのは、どこの誰なのか知って更に嫉妬してしまったからではないのか。

「後宮入りをしてすぐに陛下と婚礼をされたわけではありませんよね？」

「そうだ」

「でしたら、たとえ思い人がいたとしてもいつ不貞を働く隙があったというのでしょう？」

わからない、と再び皇帝は首を横に振る。

「猜疑心《さいぎしん》からくる朕の勘違いだと言いたいのだろう？」

そういうわけではないと、嵐静も首を横に振った。親と子のあいだにしかわからないものはあるのだろう。

だとすれば城内の者と密《ひそ》かに通じたのか？　皇后と接触できる者も限られてくるのではないか。恐ろしい話ではある。皇帝の言うとおり、皇后のかつての思い人が智玄の父親だとは限らない。

「花郷地に居る頃に思い人がいたのはいい。しかし後宮に入ればもう会うことは叶わない。同じ白氏の者ではないかと思ったのだ」

少しの沈黙のあとに、皇帝がかすれた声を出す。

「……思いあたるのは」

言おうか言うまいか迷っているような様子なのが気になる。皇帝はきっと心当たりがあるのにそれを認めたくないのではないだろうか。

「一度、懇願されて南部へ里帰りをさせたことがあった」

嵐静は涼花の話を思い出していた。ならばやはり智玄の父親は南部の白氏の者、ということになる。

「お忍びでな。厳重に護衛をつけて送り出した」

「里帰りの目的は？」

「子が授かるように祈願をしてきたいと。だから、南部から戻ってしばらくして懐妊がわかったときは本人も喜んでいたのだが」

では、里帰りでなにかがあったのではないのか？　そう返そうとした嵐静に「違う」と皇帝は首を横に振る。

「ひとりで行動できるはずもない。朕を誰だと思っている？　監視なしに旅立たせるわけがない」

それならばどうやって、と疑問はふりだしに戻ってしまう。だが、少しだけ皇帝の言葉に違和感を覚える。

南部から戻って、と皇帝は言った。もしや北部を経由してきたことを知らないのではないか？

「わからんが結果的に智玄は朕の子ではない。いま思えば、ということがたくさんある。あれもこれもと後悔ばかりで眠れなくなる」

皇帝は落ち窪んだ眼で嵐静をじろりと見る。そんな目をしたところで真実を明らかにしなかった己の責任だ。

「もともと勝気な女子ではあったが、懐妊後は神経質で不安定で、一時期は酷かったこともあった。いま思えば、朕にわかってしまうのではないかと、怯《おび》えていたのかもしれぬ」

「不貞がどこかに漏れているのではないかという不安でしょうね」

「祈禱《きとう》を呼んだり、部屋の壁を厚くしたり。腹の子と自分の命を狙う者がいるだとか、妄想とも取れるようなことを……」

あの女が心を乱してそのようなことを言うのは想像に難くない。それに、宥《なだ》められないこの皇帝にも失望する。

「邪魔者を排除したがった。智玄が生まれてからも変わらず、そなたのような孤児を拾い育てたのも自分の手を汚さずに使える剣が欲しかったのかもしれない」

己の不貞を隠すために、拾った男児を女の姿でそばに置いた。それで皇后の不安は拭えたのだろうか。結果的に皇帝を謀ることはできていないというのに。証拠はない。書きつけたものがあるわけでもない。智玄の本当の父親が名乗り出ることもない。皇后にしかわからない。

「発布する必要のない殲滅令を願われたときは弱った」

「殲滅令……」

「北部の灯氏だ。聞いたことはないか？」

びくりと短剣を握る手が動いた。嵐静はある確信に思い至る。

皇后の不貞、誰かに知られるのではないかという恐怖、そして灯氏への殲滅令。

里帰りの行程、昔の思い人。

「あれは間違いだった。栄凜の願いとはいえなんと非情なことをしてしまったのかと、いまでも気に病む。ただの妄想だろうに」

「妄想、ですか」

「皇后は決めたらやらねば気が済まないからな。それに、国の歴史的には疫病で滅んだことになっておる。……そなたは知らんのかもしれないな」

皇后の妄想だと皇帝は思っている。しかし、不貞は真実を知る者の目をごまかすことはできなかったのかもしれない。

「その灯氏に皇后を責める人がいたのかもしれません」

「まさか。そんなことはあるまい」

真実を知る者がいたからだ。だから皇后は灯氏を丸ごと排除したのだ。

「……陛下は灯氏の一件を悔やんでおられると」

「好きで行ったわけではない。ただ、皇后が怯えて体にも悪いと思ったものでな。腹の子と母親を守るために、安心させてやるために」

命の選別をしたのか。心の中に重苦しさが広がる。

お前が守った皇后から瀕死の怪我を負わせられたのだと、叫びたかった。智玄と同じ年の頃に体を貫かれたのだと。醜い傷を見せて、もっと後悔をさせてやりたい。

しかし、悲しみを叫んだところでなにも戻らない。

この愚鈍で非力ななにも持たない皇帝は、なんのために生きているのだろうか。

嵐静は思い描いたことがあった。復讐をする相手が目の前に抵抗せずに転がっていたら、もっと胸が軋《きし》むように憎しみが溢れ出ると。

それは違った。悲しみが霜のように体に張りつき、針のように心を刺す。

父は真実を知っていたのだ。

皇后は自分たちを害そうとしたと父にあらぬ疑いをかけ、皇帝は妻と子を守るために。このふたりのせいで灯氏は滅亡し、真実は闇に葬られた。多くの命と共に。

仮面の下を涙が一筋伝う。

北部経由で帰って来たらしいわよ。涼花の声が耳の奥で響く。彼女は嘘をつく人ではない。

「そなたは智玄に会ったことがあるようだな」

慈悲に満ちたような皇帝の表情だが、本当に守りたいのは自分たちのことだけ。

小さな一族の命が無惨に散っていったことは一時の後悔だ。

お前たちのせいで、私や翔啓の未来はばらばらに散らばった。

「皇后の剣、静羽。ここにいる理由はわからんが、真実を知ってもまだこれから先ずっと生きるのならば。朕の願いを聞いてはくれないだろうか」

「私にできることでしょうか？」

「……皇后の剣よ。智玄を守ってやってくれ」

もう一筋、涙が頬を伝う。

「その願い、私が受け入れるとお思いですか？」

「静羽？」

「そんな願いを、どうして私が？」

皇帝の目に恐怖と警戒の色が浮かぶ。嵐静は「灯宋静は」と言葉を投げる。

「いろんなことを繋ぎあわせてみると、私の父は皇后の不貞を知っていたのではないでしょうか。なぜ知り得たのかわかりませんが。だから灯氏は消されたんだ」

ため息交じりにそう吐き出すと、皇帝が「……なんだと？」と声を震わせた。

滅亡させた一族の生き残りが、いま目の前にいるのだ。姿を偽って、己が愛した皇后の側近という姿で。知らしめねば嵐静の気が済まない。

「皇后陛下が南部へ里帰りをした際、北部経由で戻られたことをご存じですか？」

そうなのか？　と皇帝の口が動く。やはり、どうやら知らなかったようだ。

「陛下が情に流されず正確な調査を行っていたら、灯氏は滅亡しなかったかもしれません」

「……そなたは灯氏の？」

待て、と皇帝は手のひらをこちらに向ける。

「宗主である宋静の子だというのか？」

返事のかわりに、嵐静は一歩前に踏み出した。

「宋静には息子がいたはずではないのか？　するとそなたは姉か妹？」

皇帝はなにを言っているのかと、嵐静は首をひねる。

「姉か妹？」

ああ、そうだった。この仮面をつけていると、ここでは皆が静羽は女だと思い込む。ふふ、と思わず笑い声が出てしまった。

悠永国皇帝すらその素性を知らない皇后の剣。素顔は限られた者しか見たことがなく、どこから来たのかもわからない。

誰も知らない。たったひとりの友のために生きていることも。

嵐静は頭の後ろで留めている紐《ひも》を解き、ゆっくりと仮面を外した。

死んだ母の腹にいたのは、憎しみを抱えて生まれようとしていた自分だったのかもしれない。

　皇帝が息を飲んで目を見開いている。

「男……？　そなたは」

「灯氏宗主の息子、嵐静です」

　わかったぞ！　と皇帝は弱々しく叫んだ。こちらを指さして、口から涎《よだれ》を垂らし、
再びわかったぞと吐く。

「そういうことだったか。拾った女児を側近にしたいというのを好きにさせていたが、皇后がそなたをそばに置いていた理由がわかった」

「理由？」

「そなたは宋静に……よく似ている。まるで生き写しだ！」

　その言葉の意味を理解して、反吐《へど》が出そうになる。

　里帰りから北部経由で戻ったこと、不貞の子、そして灯氏の殲滅令。嵐静が宋静にそっくりであること。皇后が嵐静を殺さずに手元に置いたことに繋がっていく。

「……あの女の思い人は父なのですね」

　なんと滑稽なのだろうか、笑いが漏れてしまう。嵐静はおもむろに再び仮面をつけた。

「陛下がお生れになったあとで行った調査の結果、皇后には思い人がいたと知った」

「だがな、もう朕のものになったのだからな。いつまでも思い出されては不愉快だ」

「皇太子殿下が成長するにつれて陛下はご自分のお子ではないと気づき、心のどこかで調査で知った皇后の思い人である宋静の子なのではないかと薄々感づいた。そして、そこから目をそらした。思い人が子の父親だとは限らないと自分に言い聞かせた」

やめろ、と皇帝は呟く。

「皇后が殲滅令を願ったことと殿下の本当の父親とが繋がった」

「……そなたの顔を見るまでは……」

皇后は、自分が手にかけた思い人の子を手元に置いたのだ。なんと歪んだ愛情だろうか。悠永国の後宮はまるですべてが歪んでいる。静羽の存在も含めて。

「あれの出自は南部花郷地の白氏。なのに北部の灯氏となんの縁があるのか不思議だった」

「陛下のおっしゃるとおりですが、なんの縁が？」

「栄凜は白氏宗主の姪として育ったが、もとは白氏の貧しい家の出だ。宋静は当時の宗主の息子と懇意にしていた」

「花郷地で出会っていたというわけですか」

後ろ手に帯に差していた短剣を鞘《さや》から抜く。ねだって父に作ってもらった剣からはチン、と透きとおった音がする。たくさんの命と血を吸い込んでも、磨けば光り嵐静を守ってくれる。

驚いたせいか皇帝は激しく咳きこんで、枕元に置いてあった茶杯の茶をあおった。口元を拭って、こちらをじっと見つめる。

睨んでいるが、命乞いをしているみたいに。

「皆、私の姿を目にするとそういう顔をするのです。助けてほしいと命乞いをする。どんな地位の者も助かりたい。……痛いのは、嫌だからだ」

皇后に殺されそうになって、剣を受けたこの胸も痛かった。背中にいた翔啓を守れなくて、痛くて苦しくて。

「私の父も母も、門下の者たちも、きっとそうだったに違いないのに」

背に隠していた二本の短剣を両手に構えた。もう終わりにしよう。

ひっ、と皇帝は短い悲鳴をあげる。次の瞬間、皇帝はごふっと不気味な音を立てて口と鼻から大量の血を吐いた。

「……え？」

見開いていた目は、嵐静を視界に捉えたままで徐々に生の光をなくしていく。突然寝台にまき散らされた血の量に驚いて、嵐静は後退《あとずさ》りをする。

皇帝はひとつも声を出さずにその場に倒れこみ、動かなくなった。

これは毒だ。さっき飲んだ茶のせいだ、きっと。その茶は誰が？　嵐静が仕込んだわけではない。この部屋にはきっと皇后がいたはずで。

罠《わな》だ。

そう思って振り返ったとき、何十人という悠永兵が部屋に入ってきて嵐静は一瞬で取り囲まれてしまった。

兵の向こうに、紫色の衣姿の皇后がいたのだ。そしてその隣に涼花がいて、驚きのあまり口を手で覆っている。皇后は血を吐いて動かなくなった皇帝に駆け寄り、泣き叫んでいる。ああ、陛下。私を置いていかないでくださいませ。

嵐静の頭に血がのぼる。

いますぐに死ねばいいのに。この女。

嵐静がそう思ったとき、皇后はこちらを指さして叫んだ。

「陛下を殺したこの者を捕まえて！」

皇帝暗殺だ、殺せ、捕まえろ。殺せ。あいつを逃すな。

あちこちから声があがり、たくさんの剣が嵐静へ向けられる。皇后は嵐静を振り向いてにやりと笑っていた。

胸の奥で火花が飛び散る。炎が内側から己の体を焼いているようだ。

「こいつ、本当に瞳が赤いぞ」

誰かが叫んだ。

嵐静は両手に短剣を構え、兵士たちに突っ込んでいった。

＊　＊　＊

智玄が流彩谷へやってきて十日。静かに日々は過ぎていた。

皇太子が屋敷にいるという緊張感に、門下の者たちや使用人たちは徐々に慣れていった。誰とでも偉ぶらずに対話をする智玄の明るい気さくさも手伝い、彼のまわりには人が集まるようになった。

今朝は中庭に皆で集まって、どうやら薪割りをしているらしい。中心には智玄がいる。炊事の手伝いをしたいと、どうしても薪割りをしたがったと聞いた。

バコン、という音とともに薪が割れると、歓声があがる。智玄は得意気だ。

隣には光鈴がいるから安心だが、皇太子に薪割りをさせるなんて悠永国で沁氏だけだろう。すこし離れて留以が目を光らせている。留以と目があったので、手をあげると彼もふり返してくれた。

留以と出会えたおかげで、知ることができたことが多かった。それでも記憶を取り戻すような触発にはならず、書物の上の物語を読んでいるかのよう。けれど、古傷から流れる血が、事実なんだと叫んでいる。まるで記憶をなくした翔啓を責めているかのようだ。

翔啓は舞光の部屋へと向かっていた。

今日は雪葉が訪ねてきていないから、ひとりで過ごしているはず。

「舞光いる？　翔啓だけれど」

部屋の戸を叩くと、中から「入りなさい」と声が聞こえた。部屋に入ると、舞光はこちらに背を向けていた。文机《ふづくえ》に積み重なった何冊もの書物、それと籠に入った薬草が目に入った。

「……忙しそうだね」

こちらを向いた舞光の表情は少し暗い。また根を詰めているのだろうか。

「薬草の配合に悩んでいるの？」

「新しいものを試してみたくてね。雪葉ともいつもそういう話をしているから」

「そうか……ねぇ、舞光。ちょっといいかな」

舞光は手を止めてこちらに向き直った。仕事中に悪いなと思ったが、話をしなくてはならない。翔啓に一番近く、ずっと一緒にいた。彼しか聞ける人がいないのだから。

「舞光ってもしかして、殿下のことが嫌い？」

「……はは。まさか。好きとか嫌いとかいう感情を持ってはならないお方だよ」

「なんか、ここのところ舞光の様子が変だなぁって思って」

「別に変ではないよ。皇太子殿下が屋敷にいれば誰だって気を張るよ。だからかもしれないね」

「そりゃそうか」

「平気でいられるのは翔啓ぐらいだ」

ふっと笑ったあと、舞光は翔啓を見て首を傾げる。話をしなければならない。わかっているのだけれど、恐怖で言葉が出てこない。

「なにかあったのか？　様子がおかしいのはお前のほうだよ。翔啓。元気がないね」

聞かなければ。胸の傷のこと。そして、なぜ記憶がないのかを。

「舞光。聞きたいことがあるんだけれど」

中庭からは笑い声が聞こえてくる。あの穏やかな雰囲気だけに包まれていた頃が懐かしくもある。静羽となった嵐静と再会するまでは。

「俺のこの胸の傷は、十年前に負った怪我のせいなんだね。赤子の時につけたと思い込んでいたけれど、違った」

そう言うと、舞光の顔から笑みが消えた。その反応が物語っている。やはり本当なのか。

「回復に数カ月かかるほどの大怪我だった。たぶん、死んでもおかしくないほどの」

「翔啓」

「きっと舞光が一生懸命に治療と看病をしてくれたんだね。ありがとう」

なにを一番先に話せばいいのかよくわからない。

「あと、灯氏に友人がいたっていうのも、記憶違いじゃなかった」

舞光は笑みを消したまま眉をひとつ動かさない。

「それは私の記憶違いだって言っただろう？　翔啓、なぜ急に灯氏のことなんか……」

「灯氏は岩香熱で滅びたと聞いたんだ。でも、違うみたいだね。皆殺しにされたんだ」

「なにを言う？　殿下に聞いたのか？」

翔啓は「違う」と首を振る。

「お前が流彩谷の歴史を知りたいと書庫で調べものをしていたのは、自分の過去を知るためだったのか？」

「……最初の目的は違った。結果的にそうなっただけ」

「殿下の勤勉さに触発されてなにをしているのかと思えば。なにか物語でも読んだのか？　それを自分の記憶だと勘違いしているのだろう？」

舞光の目に怒りの色が見える。

「ねぇ、舞光。病気ひとつしなかった俺は、十歳のときに大怪我をしたんだよね？その影響で記憶がないんだろう？」

「……誰に聞いた？」

「舞光。怒らないで聞いて」

彼はまるでいまにも摑《つか》みかかってきそうだ。優しい兄がこうも表情を変えるのはどうしてなのか。

「誰に聞いたかなんてどうでもいい。そんなこと重要じゃないだろう?」

「翔啓。言いなさい」

「教えないよ。……俺、なくした記憶を知りたいだけなんだ」

「お前はなにも知らなくていい。思い出さなくていい」

「どうしてそんなことを言うんだよ」

舞光は床に落ちていた薬草の葉を拾って、匂いを嗅いだ。

「我々沁氏の安泰と平和が私の、そして父上の望みでもあるからだ」

葉を握りつぶすように拳が微かに震えている。

「俺の記憶がないことと、沁氏の平和は同じ位置にあるの?」

「別ではない」

「そう。それが灯氏宗主の救助依頼を無視した理由なんだ」

「……翔啓。お前」

兄の目の奥に怒りがまた灯る。やはり舞光は多くを翔啓に隠している。

「これまで拾い集めて知ったことが、なくした記憶すべてじゃない。でも、北部一帯を一緒に守って来た灯氏の危機を無視するなんて、悲しいなと思って」

「……皆殺しにされるほどの罪なのだぞ。殲滅令が出た一族に手を貸したら沁氏に危険が及ぶ」

「だとしても、少しも助けなかったの？」

「話が最初に戻る。手を貸したら沁氏も巻き込まれる……まるであのときと一緒だ。翔啓。あのときもこうして言い争いをして、私はお前を」

急に言葉を切り、驚いたように目を丸くする舞光。

「翔啓……それは？」

もしかしてまたなのかな。いまは好都合なのかもしれない。きっと衣が血に濡れているのだろう。

「大丈夫。傷が開いているわけじゃない」

「脱ぎなさい。傷を診てあげるから」

「気にしないで。過去の記憶の影響でこうなるんだ」

「記憶の影響だって？　どうしてそんなことに？」

「そんなの、こっちが聞きたい」

嵐静に会わなければすべてが過去から動かなかっただろう。でも、翔啓が彼に会ったことは必然。惹《ひ》かれなければならなかった。だから翔啓の過去も動き出したのだ。

「衣は汚れるし、こんな体、皆が怖がる。もうまっぴらなんだよ。だから教えてほしい。沁氏は助けを求める人を見殺しにするような一族たちじゃないだろう？」

「それは……」

「ねぇ、舞光、教えて、く」

舞光の手を取った瞬間、突然、翔啓は声が出なくなった。

「……翔啓？」

舞光に助けを求めようとしたら、殴られたかのような頭痛が襲ってきた。視界が渦を巻いたようにぐちゃぐちゃと歪み、軋み、唸《うな》った。

「翔啓！」

舞光の声は聞こえているし、腕を摑まれているのもわかる。目の前に流れ込んで広がり、この身を包んでいくなにか。渦を巻いた視界が目眩や幻などではなく、過去にあった出来事だと気づいた。

苦しみに歯を食いしばり、耳を澄ませて目を凝らす。記憶の断片だとするなら、いまここで意識を手放したらなんにもならない。

次の瞬間には耳鳴りがして目の前に闇が降りた。

なにも見えない漆黒の闇のずっと遠くに光が灯る。

その日は朝から屋敷の皆が妙に騒がしかった。落ち着きがないというか、なんだか異様だった。その雰囲気に当てられて、翔啓は食欲がなくなり朝餉を食べられなかった。いつもは一緒に食事をする舞光もおらず、日常が歪んだような気持ちになり、箸を置いた。

翔啓はひとりで屋敷の屋根にのぼり、中庭に咲く花をぼんやり眺めていた。なんだか雨が降りそう。そう思ったときには頬にぽつりと雨粒が当たった。

「降るのか、嫌だなぁ」

本降りになる前に屋根から降りなければ。けれど、今度は屋敷が異様に静かだ。なんだか皆が部屋に隠れて身を潜めているみたいだった。このまま屋根の上にいれば雨に濡れる。でも部屋にもいたくない。壁や扉を隔てて、得体の知れない異形の化け物が隠れているみたいな、そんな気分になる。

「翔啓。どこにいる?」

優しく呼ぶ声が聞こえてきた。舞光だ。

「舞光！　ここだよ」

声をかけると大好きな兄が庭に姿を見せた。

「また屋根の上にいたのか。降りてきなさい。話がある」

「朝餉のときにいなかった。どこに行っていたの？　舞光、降りるから手を貸してちょうだい」

両手を広げて待ってくれる舞光に向かって手を伸ばす。そのまますとんと彼の腕の中に降りた。

「翔啓。まだちゃんと自分で降りられないのに屋根に行くのはやめなさい。怪我をしたらどうする？」

「舞光が降ろしてくれるから心配いらない」

仕方のないやつだと舞光は笑う。たしかに少し前までは屋根にのぼったはいいが降りられずにべそをかいたこともあった。しかし、もう自分で屋根から降りられるようになった。けれど、舞光が助けてくれるうちは頼ることにする。

あたりを見まわすと、中庭にも外廊下にも人影がなかった。いつもならば武術の稽古をする門下生や薬草を干す者の姿があるのに。

「話ってなに？」

「私の部屋に行こう。お菓子もあるから」

手を引かれて舞光の部屋へと向かった。

部屋に入ると、相変わらず綺麗に片づいていた。沁家には書庫があるけれど、舞光の部屋にも大量の書物がある。書庫を増設する日も近いのではないだろうか。

円卓に点心が並べてあることに気がついた。

「座りなさい」

「舞光、誰かお客様でもあるの？」

雪葉でも呼んでいるのだろうか。

「翔啓。朝餉を食べなかったんだってね。甘いものなら口に入るか？」

「……知ってるんだ。僕のこと怒ってる？」

「怒らないよ。ただお前が心配なだけだ。食べなさい」

睡蓮《すいれん》を象《かたど》った点心をひとつ、口へ入れる。ほろりと崩れて舌のうえに優しい甘さが広がった。

「美味しい。舞光の話ってお菓子のことだったの？」

もっと食べなさい、と舞光は優しい。ふたつの茶杯に注がれる茶からは、心を緩くしてくれるいい香りがしていた。

「ねぇ舞光。なにかあったの？　今朝から屋敷全体の雰囲気がおかしい」

注がれる茶の一滴が茶杯に落ちる。舞光はひとつ翔啓の前に出してくれる。

「南部の茶だよ。とても香りがいいから飲んでごらん」

舞光は自分で淹れた茶の香りを嗅いでいる。

「……お前は敏感な子だね。もうちょっと鈍感でもいいのに。だから朝餉を食べなかったのか」

「やっぱりなんかあったんだね」

食事が喉をとおらなくなるくらいに敏感なのは、自分でもちょっと困る。いいことなのか悪いことなのかわからない。

「もうお前も子供じゃない。心を落ち着けて聞きなさい」

舞光がゆっくりと茶を飲み、茶杯を卓に置いた。

「紅火岩山が焼かれたらしい」

淹れてもらった茶を飲もうと、口に運んだ茶杯を思わず止めた。焼かれた？　どういうこと？

「焼かれた？　火つけでもあったの？」

舞光が一枚の紙を翔啓の前に差し出した。それは悠永国の触書だった。

「殲滅令？　灯氏、逆賊……？」

「国の決定だ」

「……どうして。焼かれたって、いつ？」

「昨日のことらしい」

「なに？　どういうことなの？　よくわからない」

焼かれたという言葉と殲滅という文字が合わさり、怖くなって触書を握りつぶしてしまった。

「翔啓」

「殺されたってこと？　灯氏がみんな？」

「詳細はまだ伝わっていないが、皇后陛下を害そうとした者がいたそうだ。そんなことは許されない」

触書を握りしめた手がぶるぶると震えだす。恐怖がじわじわと全身に食い込んでいくようだ。

「……嵐静もなの？」

殲滅とはそういうことだろう。しかも嵐静は宗主の息子。翔啓の問いかけに舞光は首を横に振った。

「わからない」

「生きているんだよね？」

「わからないんだ。伝え聞いた話によれば、宗主夫人の明玲《めいれい》殿と若君の姿が屋敷にはないと。ただそれも混乱の中での話だ。真相はどうだか」

「きっと逃げたんじゃない？」

「どうだろう。このことで東西南北の一門が集められる。これから悠永城に宗主と一緒に出向く予定だから、数日家を空けることになるよ」

悠永城へ行くなら、ふたりは少なくとも五日は戻らない。こんな緊急時に屋敷に宗主と舞光がいないのは、皆の不安を増幅させるのではないか。

「灯氏は沁氏と関わりが深いけれども、国の命令では逆らえない。助けることはおろか、夫人と若君を探すこともできない」

「なんで探しちゃだめなの？」

「本当に屋敷の中にいなかったかどうかも確認ができない。それに万が一逃げていたとして、見つけたとして……それからどうする？」

舞光のことが怖かった。こんな目をする彼をいままで知らない。

「彼らを引き渡さなければならないんだぞ？　どういうことなのかわかるか、翔啓」

「……引き渡すなんて僕はそんなことできないよ。助けるに決まってる」

「助けるのはだめだ」

「どうして！」

「今度は沁氏に危険が及ぶぞ。翔啓、それでもいいというのか？」

返す言葉がなかった。父と母も、翔啓だって沁氏。それを滅ぼす因果を作ってはならない。わかっている。

でも、もしも。嵐静と夫人がどこかへ逃げ延びているのだとしたら？

「翔啓。このことを話したのは、お前が灯の若君と知り合ったからだ」

「知り合ったからって……悪いことじゃないでしょ？」

「たしかにそうだ。お前と灯の若君は歳も近いし、最初から気が合う様子だった」

方向音痴の翔啓は流彩谷の麓の街で迷子になった。そこを助けてくれたのが嵐静だった。嵐静は次期灯宗主としての気品を備え、凛々《りり》しい少年だった。翔啓は嵐静にとても心惹かれた。憧れていたのだ。お互いの領地に招待しようと約束し、ふたりは文を交わした。

翔啓が嵐静の文を読んだり返事を書いたりしているあいだに、灯氏は悲惨な目にあっていたわけだ。

「そうだよ……嵐静は僕を助けてくれた恩人だよ。ただの迷子だけど……。そのあと彼を宿まで送ったでしょう？　覚えているよね」

「覚えているよ」

「文のやり取りもしているんだ」

「だからだ。お前は純粋で気持ちの真《ま》っ直《す》ぐな人間だ。灯氏のことを知ればきっと傷つき涙するだろう。若君が行方不明だとなれば、お前はきっと探しにいく」

そのとおりだ。いますぐにでも馬を駆って紅火岩山へと向かいたかった。

「さすが僕の兄上。お見とおしなんだね」

「だから知らせた」

「わかっているなら！　僕は……」

「もうその恩は忘れなさい。たとえお前のなかで想《おも》いが大きくても、罪を背負った一族に手を貸してはならない」

言葉のひとつひとつが冷たく尖《とが》って、受け入れがたい。

「舞光なら……助けるでしょう？」

「私ならそんな馬鹿げたことはしない」

尊敬する舞光。血の繋がりはないけれど敬愛する兄。心優しく聡明で、誰もが憧れる人。その兄が冷酷な言葉を吐いている。

「そんな。嵐静を見捨てろっていうの⁉」

卓を叩いて立ちあがったら茶がこぼれた。舞光も立って、翔啓よりずっと高い位置から見下ろしてきた。

「舞光、僕は……！」

言い返そうと口を開いたら、胸倉を摑まれてつま先が床から浮いた。

「やっ……！」

「我々がどうなってもいいのか。双子たちを産んで母上は亡くなった。宗主は病の後遺症で心臓を患っている。お前もわかっているだろう？　支えねばならないのだ。皆を……私は」

「僕だって同じ気持ちだよ。舞光に寄り添いたいと思っている。でも……っ」

「いうことを聞け。友と家族とどっちが大切なのか考えろ」

「ゆ……友人を見捨てろってこと……？」

「一族を守るとはそういうことだ。お前も沁の人間ならば立場をわきまえろ」

舞光は怒りを滲《にじ》ませた瞳で翔啓を睨んでいた。怒りの奥に悲しみも感じる。

兄のいうとおり、宗主の舞元は昔患った病のせいで心臓が悪い。そして双子の光鈴と羨光はまだよちよち歩きだ。

舞光は近い将来、沁氏宗主となる。両親を亡くした翔啓を引き取り、舞光の弟として育ててくれた舞元には感謝をしているし、舞光は血の繋がらない翔啓を本当の弟として信頼してくれ、翔啓も舞光を兄と慕っている。

とても大きな恩がある。翔啓はこの先ずっと舞光を隣で支えるためにこの屋敷にいるのだと、自覚も理解もしているはずなのに。

目を閉じたら、涙が頬を伝った。舞光は手を放して「わかってくれ」と静かに呟く。

こんな風に舞光を悩ませるなんて、義弟として、未来の宗主のそばにいる人間として、情けなかった。でも。

「……わかった。舞光の言うとおりにします。逆らわないよ」

「いい子だ」

僕は舞光みたいになれない。

「いいかい、翔啓。この選択は間違っていないし、お前はなにも悪くない。苦しいことは早く忘れなさい」

忘れられるわけがない。たとえ非難されるのだとしても、自分の心に従いたい。

自室に戻っても悔し涙が止まらなかった。

宗主と舞光は夕方、流彩谷を旅立っていった。見送りの列の後方でふたりに手を振る翔啓の目が真っ赤だったことを、舞光は気づいただろうか。

馬車が林道に消えていくまで見送り、深呼吸をひとつする。

屋敷に戻ろうとしたときに、宗主に古くから仕える老婦人、優明《ゆうめい》に「若様。夕餉のお支度が整っておりますよ」と声をかけられた。翔啓は咄嗟にうつむく。

「ここ数日の出来事で、気持ちが塞いで食欲がないんです」

「今朝も召しあがりませんでした。体によくありませんよ」

「食事が喉をとおらなくて。食べたくないんです」

「……そうですか。もし食欲が戻りましたらお声がけください。なにか体が温まるものでもお持ちしますので」

優しさに対して心苦しいが、翔啓は「なにもいらない」と答えた。それを裏切るように腹が鳴るので誤魔化すように咳きこんだ。

「あら、大丈夫ですか?」

「うん。平気……優明、ありがとう。明日の朝餉もいりません」

「そんな、いけませんよ」

「できれば部屋に誰も来ないようお願いしたい」

「若様」

「僕は灯氏に友人がいました。……ひとりにしていただけませんか」

そう言うと、優明は小さい体を丸めるようにして翔啓の手を取った。

「お可哀《かわい》そうに。若様、あまり心を痛めませんよう」

なにもしないでいるほうが心が痛い。この目で確かめたいことがあるからじっとしてはいられない。

翔啓は部屋に戻って戸に鍵をかけた。監視をつけられているのは気づいていた。舞光の指示だろうと思う。大人しくなったものの、翔啓がなにをするかわからないと判断したのだろう。

夜も更けてきて、翔啓は蠟燭を消して寝台に横になった。眠気はあったのでうつらうつらと夢と現実を行き来しながら、様子を窺っていた。

どれぐらい時間が経っただろうか。部屋の前から人の気配が消えた。眠ったと判断して監視を解いたのだろうか。

翔啓は静かに寝台を抜け出し、上着を羽織る。握りしめてそのまま持ってきてしまった触書はくしゃくしゃになっていたので、丁寧に広げて畳んでおいた。それを懐に入れる。

部屋の窓の施錠を外し、窓からそっと外に出る。中庭側の戸から出たら、誰かに見つかるかもしれない。昼前に降り始めた雨は夜になりあがったようで、いまは月が出ていた。地面がすこしぬかるんでいるから、足跡が残らないように石畳や草の上を歩き、屋敷の裏門から外へ出た。

流彩谷から紅火岩山へ向かうには馬車で二日、徒歩では更に日数がかかるので無理だ。せめて灯氏領地の近くまででもいければ、なにかわかるかもしれない。それに、部屋に誰も来ないようにしたけれど明日の夜までには屋敷に戻りたい。鍵はかけたが、部屋に翔啓がいないことを気づかれるのはよくない。

屋敷が寝静まっているとはいえ、明かりを持っていくことはできない。月明かりを頼りに、屋敷の敷地内にある馬小屋へいった。

「こんな時間にごめんよ。ちょっとだけ僕と夜の散歩をしよう」

翔啓は自分の馬をそっと連れ出し、東へ向かって走らせた。

屋敷が建つのは森の中。流彩谷の山から続く川が森の中央を流れ、その川は紅火岩山を経由し下流へ向かう。

川の近くには翔啓の生家がある。いまは誰もおらず朽ちる寸前の廃屋だけれど、ときどき行っては手入れをしているのだ。誰も住んでいなくても、両親との思い出が詰まった場所だから。

川に沿って森を抜けると平原に出る。遠くを望むと、稜線《りょうせん》がうっすら月明かりを浴びている。あのあたりが紅火岩山だ。自分の居場所を知らせてしまうから明かりを持たなかったが、行くべき方角はわかる。月に向かって進めばいい。

翔啓は森の中を走っているときも平原に出たときも、あたりに注意を払った。悠永軍は松明《たいまつ》を持っているだろう。もしみつけたら馬から降りて隠れたほうがいい。東雲《しののめ》に馬を走らせているうち、ふとあるものに気がついて速度を緩める。川のほとりになにか黒い塊が見えたのだ。翔啓は馬から降りて近くの木に繋いだ。白々と明けていくあたりにじっと目を凝らす。

こと切れた獣の死骸だろうか？

「……違う。人だ！」

そばまで駆け寄ると、それはこちらに背を向けて倒れている紺色の衣を身に着けた少年だとわかった。ずぶ濡れで泥だらけだが、衣は上等なもの。翔啓は少年の肩をそっと倒してあおむけにした。

「ら、嵐静！」

倒れていたのは嵐静だった。目を閉じて青白い顔色をし、まるで生気がない。ぞっとして唇に指を当ててみると、温《ぬる》い吐息がかかる。大丈夫、生きている。

「しっかりして、嵐静。大丈夫だよ！」

声をかけて頬を叩いてみるが目を開けない。どこか安全な場所へ移動させたいけれど、どうしたらいい？

そうだ。少し戻ればあの廃屋がある。

翔啓は嵐静の体を背負うと、よろけながら馬のところへ戻った。嵐静の体はずっしりと重く、翔啓は自分の非力さを悔やむ。馬に乗せて運びたいが、嵐静を馬上に持ちあげることができない。

「どうやって運んだらいいんだ」

馬に括《くく》りつけるのはどうだろうと考えても、縄もなにも持っていない。仕方がないので、このまま背負って歩いて廃屋に運ぶことにした。

「気がついて。嵐静、もう大丈夫だよ」

なぜここに嵐静がいるのだろう。もしかしたら翔啓に助けを求めにきたのだろうか。

「やっぱり、見捨てることなんてできない」

何度も膝をつき、歯を食いしばって嵐静を背負い歩いた。廃屋へ到着したときにはすでに朝が明けきり、雲雀《ひばり》の声が響いていた。

その雲雀の鳴き声に、誰かの叫びが重なる。

「……翔啓！　しっかりしなさい」

揺さぶられて正気に戻る。焦点の合ってない視界が定まってきて、目の前にいる舞光の顔がはっきりと見えた。

「ぶ、こう……」

まるで起きたままで夢を見ているようだった。けれど夢ではない。いまのはきっと記憶の断片。

雨の中で少年と逃げる夢と同じだ。あの夢の少年も、いま見たことも、一緒にいたのは嵐静なのだ。

「……灯氏の若君は？　流彩谷へ逃げてきたんじゃないの？　さっき俺は河原で彼を助けた」

「翔啓。お前」

「助けたんだ。倒れていたから」

そのあとどうした？　彼を生家に運ぶつもりだった。

「思い出せない。そのあとどうなったのだろう？」

翔啓は震える手を開いた。嵐静を背負った重さ、頬の感触、指先に触れた吐息もなにもかもが現実のように思えた。

「戻ってきなさい。それはきっと夢だ」

「夢じゃないよ！　俺の記憶の断片だろう？」

「こうありたいと望む幻想だから記憶じゃない。忘れなさい。大丈夫だから落ち着きなさい」

過去と現在が混ざり渦を巻いた濁流のようだった。

「ねぇ、舞光」

立ちあがろうとして失敗する。記憶の断片に身を委ねていたせいか力が入らず膝をついてしまい、意志に反してそのまま倒れこみそうになる。それを舞光が抱きとめてくれた。

「しっかりしなさい」

舞光の腕のなかで深呼吸をしていると、次第に落ち着いて体中に血がめぐっていく。

「俺は……どこかでなにか悪いことをしたんだろうね。だから記憶をなくして、こんなに苦しまなければいけないんだろうね」

「なにも悪いことをしていない。怖い思いや辛いことは忘れていいんだ」

舞光の腕から抜けると、彼の腕が血に濡れているのがわかった。

「ごめん、舞光。汚してしまったね。着替えて手を洗って」

血だらけになっている翔啓に、舞光は「これを羽織って」と上着を貸してくれた。

「翔啓、寝ていなさい。無理をしてはだめだ。着替えは私が手伝う」

「平気だ。体のどこかが悪いわけじゃない。もう動ける」

止めようとする舞光の手を振り払う。

なぜいままで黙っていたのかと責めたくもなるが、優しい舞光のことだ。翔啓のためを思ってのことだとわかっている。でも。

「忘れていたでは済まない」

まだ頭がはっきりとしない。昔から戻ってこられない。

「顔色が悪い。無理をするな。聞いているのか？　翔啓」

「俺の唯一の友人を守るためには、忘れたものを取り戻さなくちゃならない」

「友？　お前、まさか」

「あんなところに彼を置いておけないんだ」

「待て、翔啓」

舞光が貸してくれた上着を羽織って、部屋を出ようとして立ちあがったときだった。大変だ！　と誰かが叫ぶ声が聞こえた。

なんだろう、と舞光と顔を見合わせる。舞光は話が途中で打ち切られ不機嫌そうだが「話の続きはあとで」と、すぐに部屋を出ていった。翔啓も後を追う。

薪割りをする智玄のまわりに、留以のほかに数人の大人たちが立っていた。沁の屋敷の者ではないし、身なりからして麓の街の宿に置いてきたという側近たちだとわかった。

どうも慌てている様子で、普通ではない。翔啓はなんだか胸騒ぎがしてならなかった。ここまで彼らがやってくるなんて、なにかあったに違いない。

「殿下、よ、よく、落ち着いてお聞きになってください」

「なんだ、どうしたの？」

智玄は薪割りでかいた額の汗を拭う。まるで仕事を邪魔された職人のような顔だった。しかし、側近たちのうち、いちばん年長らしい顎鬚の長い男が震える手で智玄の腕をつかむ。

「皇帝陛下がお亡くなりに……！」

智玄は持っていた斧を地面に落とした。予想だにしない知らせに、中庭にいた皆が息を飲む。

翔啓がそばへ駆け寄ると、智玄はそこではじめて縋るような表情をした。

「父上が？　ここへ来る前はお元気だったのに……病が悪化したのか」

「いや、その」

「なんだ、はっきり言え！」

顎鬚の男は言いにくそうにしている。病や容体の急変などではないということか。

「な、何者かに……その」

「まさか、父上は殺されたとでも？」

皇帝暗殺。皆がざわつき不安があたりを支配した。

いまごろ悠永城が大騒ぎだろうに。智玄は両手で顔を覆うと肩を震わせている。

光鈴が背中をさすってやると、智玄は二度ほど深呼吸をして、顔を覆っていた手を外した。目には涙がたくさんたまっていた。

「まだ詳細はわからないのですが、皇帝陛下は皇后陛下とご一緒だったとか」

「なんだって！　は、母上はご無事なのか⁉」

「はい。皇后陛下はご無事です。どうも陛下がおひとりになった隙に襲われたご様子」

「父上と母上がご一緒だったということは後宮で襲われたというの？　犯人は捕まったのか？」

「逃亡中だそうです」

後宮で皇帝を襲った犯人が逃げるって、どこへ？

後宮内部の者の可能性が高いけれど、そんな騒ぎがあれば門は閉ざされあの高い壁に阻まれて、そう簡単には出られまい。それに後宮には皇后の剣がいる。始末されて死体となるだけだろう。

「誰がやったのかわかっているのか？」

「後宮の女子なのだそうです」

翔啓は眉を顰《ひそ》める。あの皇后の目を盗んで寝所に忍び込み、皇帝だけを殺害したというのか？

「どこの宮女なのか！」

「殿下、それが……」

「なんだ、はっきり言え！」

「皇后の側近だとかいう、例の」

「……え？」

「殿下もお噂《うわさ》は耳にしたことがございましょう？　皇后の剣、静羽です。彼女が皇后陛下を裏切り、皇帝陛下のお命を奪ったのだと」

皇帝が暗殺されたと聞いたときよりも皆がざわつきだす。

「どういうことだ？」

「証言されているのは、ほかでもない」

顎鬚の男が指を立てる。

「皇后陛下であるとのこと」

「……嘘だ」

智玄の反応に側近たちは首をひねっている。

嵐静が皇帝を殺したというのか？　ここにいる者たちのなかで、皇后と嵐静、そして翔啓にしかわからない出来事がある。灯氏の滅亡に関しての恨みか？　そんなことはひとことも言っていなかったのに。復讐だとしても、嵐静が殺したいと思うのは皇帝ではなく皇后だろう。なにかあったに違いない。

「なにもわからない」

智玄が翔啓の腕をつかんだ。見あげる目は「静羽は生きていたんだね」と訴えている。

「どうされますか？　殿下」

「父上のそばにいたい。それがいま私にできることだと思う」

目に涙を溜《た》めている智玄を、心配そうに見つめる光鈴がいる。

「私は城に戻る」

「殿下のお戻りを皆が待っておりますね」

こくこくと頷きながら、智玄は翔啓から手を放して涙を拭いた。

「翔啓も一緒に参れ」

「わかりました。では急いで支度を」

智玄は留以に任せ、光鈴も手伝いに行かせた。翔啓は着替えをするために自室へ走る。走りながら、嵐静が無事であるように祈っていた。

彼が皇帝を殺したなんてきっとなにかの間違いだ。智玄も同じように考えているはず。まだなにか知らないことがある。このままで終わらせるわけにはいかなかった。

嵐静。あんたがもう来るなって俺を拒否しても、放ってはおけない。

悠永城の敷地は広大で、後宮も広い。迷路のような壁と敷地内を熟知しているとはいえ、大勢の追手に囲まれては嵐静だって逃げ切れるかどうかわからない。

秘密の通路、隠し扉やからくりを使って後宮の外に出たとしても、皇帝が殺されたとあれば既に鼠《ねずみ》一匹逃がさない警備が敷かれているだろう。城門から出ることは難しいはずだ。

「無事でいてくれ。嵐静」

自室に入ると、散らかるのを構わず帯やら衣やら引っ張り出して急いで着替えをした。万が一傷から出血をしたときのことを考えて、衣は黒と藍色のものを選んだ。智玄のお供ではあるけれど、念のため青翡翠も懐へ納める。支度を整え部屋を出ると、舞光が目の前にいた。

「兄上。俺は殿下について悠永城へ行く。数日は戻らないと思うから」

「待て、翔啓！」

止められるとは思っていた。翔啓をつかむ舞光の手からは、行かせないという強い意志が伝わってくる。

「皇帝陛下が殺されたことが我々になんの関係がある？　翔啓、お前は城内の人間ではない。どうして殿下と一緒に行く？　断れ」

「関係は……ない」

「ならばどうして？」

「行かなくちゃいけないんだ」

本当だ。つい先ほど蘇《よみがえ》ったあの記憶と同じだ。止める舞光には理由があり、理解もできる。しかし、翔啓にも捨てられないことがある。

「兄上。待っていて。ここでじっとしていてもなにも解決しない。はっきりさせて、終わらせたいこともあるんだ」

「翔啓……もしかして、悠永城で灯の若君に会ったのか？」

どうして知っているのかと言葉が出かかった。ぐっと握った拳を解いて、そう舞光に聞くのを止めた。

「知っていたんだね。舞光。見捨てた灯氏の生き残りが後宮にいることを」

嵐静が皇后のもとにいることも、舞光は知っていたのだ。

「そうだよね。知らないわけがないんだ。なにも知らないのは俺だけ。ずっと黙っていたんだね」

「翔啓、私はね」

「いいんだ。わかってる。兄上みたいな人でなければ宗主にはなれない」

「わざと隠していたのではない。大怪我をしたお前を回復させることに専念したかった。どうして体中が痛いのかわからないと泣くお前を、抱きしめて眠ることしかできなかった」

その痛みすらも覚えていない。嵐静の犠牲のうえに生きている自分にいったいどんな価値があるのだろうか。兄さえも苦しめている。

「お前に記憶がないなら、無理に戻さずにそのままにしようと思った」

「俺は舞光を責めてはいない。判断は間違っていない」

「私はお前を本当の弟だと、大切に思っている。だから、お前に近づく災いのような存在を排除したかった」

「……嵐静は災いなんかじゃないよ」

舞光にとって嵐静は災い。なんと悲しい言葉なのだろうか。そんな風に言ってほしくなかったが、灯氏がいまでも存続し安泰であったのなら沁氏との関係性も違ったのだから、仕方がない。

「終わらせたら、ちゃんと兄上のところに帰ってくる」

安心してほしくて笑ってみせたが、舞光は微笑み返してはくれなかった。

「約束するってば。そんな顔しないでよ」

「あの日もそう言って、お前は出ていった」

「俺の居場所はここ。嵐静のことも、どっちも俺にとっては大切でなくせない。もし記憶が戻らなくても、俺の体がどうなっても変えられない」

行くよ、と翔啓は舞光をその場に残して歩き出そうとした。背中に声がかけられる。

「翔啓、お前になにができる？」

「嵐静は俺のせいで後宮にいる。できることなら終わりにして、出してやりたいんだ」

「皇帝陛下のお命を奪った者が、あそこから生きて出られると思っているのか？」

「……やったのはきっと嵐静じゃない」

「灯の若君が後宮にいるから我々が生きているのだとしてもか？」

わざとそう告げたのか、舞光の表情からはわからない。やはり彼はなにもかもを知っている。翔啓の記憶がどうして失われているのかも。

「だったら尚更《なおさら》。人の命を土台に建っているような砂の城はいつか崩れる。俺はもう誰も苦しまないようにしたいんだ」

悲しみが滲む舞光の瞳を見ないようにして、部屋を出る。翔啓は智玄のもとに走った。

　まだなにか捻《ね》じれた真実があるのではないか、そう思う。ひとりの青年の命を閉じ込めてまで生きながらえたいとは思わない。嵐静を自由にしたいと願うのは間違いではない。たとえ大勢に責められても、心に従いたい。

　屋敷の門を出ると、智玄たちは乗って来た馬車を待機させていた。

「翔啓、はやくいこう」

　智玄が馬車に乗り込んで、物見窓から顔を出した。

「殿下、そして留以殿。相談があるのですが」

「なんだろうか？」

「通常なら悠永城へは数日かかるところをとにかく大急ぎの移動となるでしょう。俺と留以殿は馬で先発しませんか？」

　留以はすこし考え「そうですね」と頷いた。智玄も同じ考えのようだ。

「殿下はとにかく安全を最優先させ、馬車の移動でなくてはなりません。皇帝暗殺の裏でどんな輩《やから》が動くともわからない。ここ流彩谷に殿下がいることは知られているのですから」

「それは俺も同感です。殿下、留以殿をしばらくお借りいたします」

「わかった。留以、翔啓を頼む。翔啓！　ちょっとこっちへ」

　智玄に手招きをされたので、翔啓は馬車に乗り込んだ。

「殿下、お気をつけて。護衛も多いので大丈夫でしょうが」

「ねぇ、翔啓。私は父上を殺したのは静羽じゃないと思う。だからきっと助けてやらなくちゃ」

「もちろんです。俺が様子を窺っていますから。殿下は慌てずに来てください」

　次の皇帝となる智玄がいる。皇后を止められるのは智玄しかいないんだ。

「青翡翠は持った？」

「はい。留以殿もいらっしゃるから、城には入れるでしょう」

　では、と馬車を降りようとし、智玄にひとつだけ真実を伝えてからにしようと振り返る。

「そうだ。殿下。ひとつ驚きの事実を教えてさしあげますね」

「……なに？」

「静羽の本当の名です」

「本当の名？　どういうこと？」

「彼は嵐静といいます」

「らんせい？　……翔啓、いま、彼って言った？」

「そうです。あの静羽は女子ではなく、嵐静という名の男ですよ」

あまりに驚きすぎて、智玄は言葉がないようだった。

いつか三人で笑って話せたらいいのに。そんなことを思いながら馬を駆った。とにかく早く悠永城へ戻らなくては。

ひたすら馬を走らせ、都の洋陸《ようりく》を抜けると、遠くに悠永城が見えてきた。火を絶やさないようにしているようで、暗闇に浮かぶ石の塊に見える。かくして翔啓と留以は真夜中に悠永城へ到着した。

馬を降りて何食わぬ顔で城門へ向かって歩く。城門には壁に沿って大勢の兵士が並んでいた。こんな物々しい光景は見たことがなかった。皇帝暗殺の重大さを思い知らされる。

翔啓は内心びくびくしていたが、留以とともに止められることなく入城できた。ここでもはりきって見せた青翡翠は効果を発揮した。青翡翠を懐に戻していると、留以は門番となにごとか言葉を交わし、すぐに戻ってきた。

行きましょう、と留以に促される。

「俺は悠永城の兵士です。詰所があるのでまずはそこへ」

そういえば留以は精鋭のひとりだ。

「長くは歩きません。悠永城敷地内には軍の詰所がいくつかありますが、精鋭部隊は各所にわかれて配置されています。皇帝陛下のお近くと皇太子殿下のお側《そば》、城門、それと後宮側」

「留以殿はどこへ？」

「後宮側です」

もし暗殺直後に悠永城にいたなら、真っ先に乗り込んでいた可能性があるわけだ。智玄に伴って城を離れていたから嵐静を追うことにならずに済んでいる。

だが、この先きっと知ることになる。翔啓をかばい命乞いをした少年が、この事件の真ったただ中にいる者だと知ったなら、留以はどんなことを考えるだろうか。

「留以殿。犯人は捕まっていると思いますか？」

「どうでしょうか。もし捕まっているのであれば、城門にあんなに見張りはいないかと」

「なるほど……」

皇帝死亡の知らせを持った早馬は、事件から一日半で側近たちの宿に届いた。嵐静は少なくとも三日は潜伏していることになる。

「それと門番に、皇太子殿下と交流がある沁の若君の入城は許可するが、出ることはできないと言われました」

「でしょうねぇ」

再び悠永城に閉じ込められるのか。でも今回は嵐静に会わないといけないので、好都合といえるかもしれない。考える時間がある。

「追って殿下一行が到着するでしょうから、そうすれば翔啓殿は流彩谷へ戻れますよ。大丈夫です」

「帰るのは友人の無事を確認してから、ですかね」

「悠永城にご友人がいたのですか？」

「……嵐静がいます」

え？　と留以が目を丸くする。

「信じてもらえないかもしれません。でも、俺と嵐静のことを知っている留以殿には教えます。皇后の剣は、嵐静です」

「嘘でしょう？　だって皇后の剣は女子なのでは？」

「話せば長い。会えばわかります。静羽は嵐静で、男です」

「なんてことだ。ではあの少年は……」

「留以殿、どうか一緒に彼を助けにいってくれないでしょうか?」

わけがわからないといった様子の留以だったが「会えばわかるのですね。承知した」と一応の納得をしたようだった。

さて。智玄がいないのにどうやって後宮に入るか、だ。

「留以殿。後宮へはそう簡単に行けませんよね……? 俺、どうしても中に入りたいのですが」

軽い調子で聞いてみたら、留以は真っ赤な顔をして翔啓を見た。しまった。もしかして怒らせてしまったのだろうか。

「翔啓殿!」

「はいっ!」

この太い腕に殴られたら骨折は必至である。翔啓は思わず目をつぶった。

「……誰にも、殿下にも黙っていてほしいのですが」

「え、ええ。黙っていますよ。約束します」

「俺、後宮の女子に恋をしておりまして……」

「は?」

口をぽかんと開けてしまう。この非常時にそんな話をするとはと思うが、続きを聞かないとならない。

「それはそれは……さぞかし美しい女子なのでしょうね。留以殿の心をつかんだのですから」

へへへと留以は頬を染める。思い人を褒められて嬉しいのだろうか。いかつさのいの字もなくなった。

「涼花、というのです。美しいだけではなく凛《りん》とした気立てのよい女子なのです……ああ、恥ずかしい」

ぶっとい腕を震わせて留以は顔を覆った。悠永軍精鋭の暴れ熊も惚《ほ》れた女子の前だと小熊になるのか。

「涼花殿というのか」

あれ？　どこかで聞いた名だ。

「あ」

思い出した。嵐静が信用できるといっていた宮女だ。遠目だったがたしかに美しい女子だったと記憶している。涼花と留以が恋仲だなんて、なんという偶然だろう。

「翔啓殿、こんな状況ですが聞いてくださるでしょうか」

「なんでも聞きます」

「これは内緒なのですが、涼花は職務で悠永城側に来ることがあって、そのときこっそり抜けて俺と会ってくれるんですよ」

「そ、それはまた熱心ですね……」

いったいなにを聞かされているのだろうか。

だがここで話を中断させるわけにもいかないので、黙って聞くことにする。

「その涼花が言っていたのですが、後宮のこの高い壁、城側から後宮へ抜けられるようになっている箇所があるそうなんです！」

「へ、へぇ……」

知っているよ。そう返しそうになる。

もうなにを聞いても驚かない。もしかしてその秘密の抜け道を涼花は使ったことがあるのか？　彼女は嵐静と通じているのだから、後宮の秘密を知っていても不思議ではない。恋人に会いたいから悠永城の詰所のあたりに出る通路を教えて！　と嵐静に頼んだとか。

「涼花殿はその抜け道を使っているんですか？」

留以は首を横に振る。

「使わないそうです。場所も教えられないと。だから俺も抜け道は知りません。そういう風にして会うのはよくないからって。ああ、彼女をなんとしても守らなくては」

使わないけれど知っている。もしかして嵐静が教えてやったのか？　留以に会うために使えと。

俺には入り方も教えてくれなかったくせにとんでもないやつ。

嵐静は女子に弱いのかもしれない。

「じゃあ留以殿。涼花殿を守ってやらねば。きっと怖い思いをしているし、留以殿に会いたがっているでしょう」

そうなのですが、と留以は表情を曇らせる。

「事件発生時に待機していたら後宮へ行けたでしょう。非常時ですから。とっくにほかの小回りのきく部隊が捜索しているはずです」

「でも、涼花殿は中にいるのでしょう？　いま後宮内部がどのようになっているか、知ることができるのでは？」

「まぁ、可能ではあるかと。文のやり取りくらいはわりとたやすいのです。後宮敷地内に立ち入ることのできる者はいるので。食料や装飾品などを運ぶとか、そのような者たちに文を託すのです」

悠永城での逢引《あいび》きは苦労するのだな。好いた相手に会うだけなのになんとも難儀なことだ。

「たとえば涼花殿と連絡がついたとしても、行くのは無理か。こっちに来てもらってもどうにもならないし」

涼花が悠永城側に来たとして、翔啓を一緒に連れて行ってくれるかはまた別の話だ。

「そう簡単な話じゃないか」

「まずは詰所に寄って、兵士たちに話を聞きましょう」

留以の言うとおりかもしれない。詰所で詳細を探ればなにか新たな情報があるかも。彼についていてとにかく兵士の詰所へ向かった。

コの字型の建物が見えてきて留以が「あれです」と指さす。詰所の正面に高い壁がそびえており、その向こうが悠永城後宮だそうだ。

見る方角が変わったからか、なんだかいつもと姿が違うように思う。それだけ悠永城の敷地は広く、巨大な建造物だということか。

詰所の入口まで来ると足音が聞こえてきたので留以が立ち止まる。その大きな背中に隠れるようにして翔啓も止まった。じっと窺っていると、兵士が二人、詰所から出ていくところだった。

「翔啓殿……俺の後ろをついてきてください」

「え？　は、はい」

「このまま中へ行きますよ」

留以は「体制が変わって四名だ。侍医殿の者をひとり連れて行く」と兵士に話しかけている。留以は精鋭部隊。兵士はおそらく二等兵あたりで、箱を抱えてなにか荷物を運んでいるようだ。兵士たちは鎧を身に着けているが、留以は紺色の袖の締まった服。翔啓は黒と紺色の衣だったので暗いとあまり見わけがつかないが、兵士の装いではない。留以は咄嗟の判断で、翔啓を医者としたのだ。

留以の後ろを何喰《く》わぬ顔で歩いていると、入口を固く閉ざしていた後宮への鉄の門が、重苦しい音を立てて開いた。

これで中へ入れる。一気に緊張感が増した。

後宮の正面門はここではないはず。正面門からは真っ直ぐ大きな道が通っていて、左右に妃たちの寝所が並び、付随して宮女たちの住まいがあるのだ。と、いつだったか智玄に教えてもらったことがある。

一度目は隠し通路を、二度目は工事の足場をよじ登った。三度目は劇団に交じって。今回は兵士に紛れて悠永城後宮へ入る。

この門から入ると一体どこへ出るのだろう。見取り図もないので自分がいまどこにいるのかまったくわからなかった。

「留以殿。ここはどのへんなのでしょう？」

「さぁ。俺もわかりません。後宮敷地内だとしか。なんとかなるでしょう」

「わりと適当なのですね、留以殿」

かといって翔啓には、嵐静の居場所は見当もつかない。彼しか知らない場所にいるだろうし、そうなると簡単には見つけられない。

「我々はこっちの警備へ。荷物は頼む」

留以は一緒に来た兵士へそう言葉をかけると、翔啓を促して歩き出した。

「留以殿、どこへ？」

彼はあたりを窺っているようだった。いまふたりが立っている場所が、後宮中央の道で左右にずらっと建物が並んでいるのがわかる。

「ここが後宮の中心なんだ」

「はい。兵士が走りまわっている様子もありません。皇后の剣はまだどこかに隠れている……あの建物の前に見張りを装って立っていましょう。あまりうろうろしていると怪しまれてしまいます」

建物の位置などを確認したかったのか。左右に並ぶ妃の住居。そのうちのひとつを適当に選んで入口に立った。

月が出ている。あちこちに松明が立っており、明かりを絶やさないようにしているのだろう。壁も門も全部塞がれて、隠し通路を知っていてもきっと使えない。嵐静はいまどこにいるのだろう。見当もつかなかった。

誰かがこちらへ駆けてくるようだ。暗くてよくわからないが、頭の上に猫耳のように髪を結い、若草色の衣をひらひらさせているからここの宮女だろう。近づいてくると人相がはっきりしてくる。思わず留以の後ろに隠れた。あれ？　彼女は。そう思ったとき、留以が小さく声をあげた。

「りょ、涼花！」

「留以！」

息を切らして駆け寄ってきた涼花を留以がしっかりと抱き留める。

「……嘘だろ」

ちょっと待て。誰かが見ていたらどうするんだ。翔啓は必死にふたりの抱き合う様子を見られないよう、両手を広げて隠した。

「長紅殿《ちょうこうでん》から外を見たら留以が歩いているのですもの。つい出てきてしまったの」

「危ないじゃないか、隠れていないと」

　留以は涼花を建物の陰に連れて行った。翔啓のことは忘れているのか、置いて行かれそうになったので急いでふたりを追いかける。

「なにか怖い思いをしなかった？　涼花」

「皇帝陛下のご遺体を……見たわ。とても怖かった」

　ふたりはひしと抱き合う。もういい加減にしてくれないだろうか。こっちが恥ずかしい。

「犯人はまだ捕まっていないのか？」

「どこかに隠れていると思うわ。皇帝陛下が殺されてすぐに警備が強化されて後宮から鼠一匹逃げられなくなったから」

「宮女たちはいったん別の場所に避難させてやればいいのに」

「ええ。皇后陛下はほかのお妃様とお付きの侍女たちなどをご自分の長紅殿に集めてくださったの。とはいえ、ここには千人以上が暮らしているから全員は無理。残りは自分の持ち場で震えていると思う」

「後宮の女子たちを避難させて、皇后の剣が紛れてしまっては逃げられてしまうな」

　翔啓自身もここから簡単には出られない。

「あの、すこし伺いたいのですが、よろしいでしょうか？」

　翔啓がそう言うと、涼花がこちらを向く。

「沁氏の……若君ですね。お初にお目にかかります」

「翔啓です。涼花殿。俺をご存じで？」

「皇太子殿下のご友人だと皆が存じております。沁氏の二番目の若君のことは後宮でよく話にあがるのです。素敵なお方だと」

　二番目の若君という言葉が、記憶の奥を震わせる。

「殿下は我々が発《た》ったあと、流彩谷を出発しました。かならず無事に城に戻ってきます。皇后陛下にお伝え願いたい」

「承知しました」

「あと、なにがあったのか、涼花殿が知っていることでいいので状況を教えてくれませんか？」

　彼女の話はこうだった。

　皇后が席を外した隙に何者かが部屋に侵入。そのとき皇帝はひとり。物音が聞こえたので急いで戻ると、吐血して皇帝が倒れており、そばに仮面をつけた黒衣姿の人物がひとり立っていた。

「静羽という皇后陛下の側近です。あたし、静羽をよく知っているのです。秘密だったのですが」

翔啓と留以は顔を見合わせる。本当に嵐静がやったのか？

「涼花殿はその静羽と親しいのですか？」

「はい。よく……存じています。友人だと思っています」

翔啓の問いかけに対して涼花は素直にそう答える。嵐静は彼女を「信用できる人だ」と語っていた。後宮に潜む嵐静が静羽として涼花と出会って、友情を育んだのだろう。

「ずっと侍医殿の崔殿が陛下のご遺体を調べておられました。毒に侵されているので簡単に触れられません。ご遺体は今朝まで皇后陛下の寝室にありましたが、さきほどようやく侍医殿の者たちの手で丁重に運ばれていきました」

「寝室の様子は？　荒らされていたとか。なにか見たかい？」

留以が涼花の手を握って、優しく聞く。

「陛下は争ったご様子はなかったと。病で弱ったお体で抵抗できなかったのかもしれませんが」

「皇后陛下は？」

「自室におられます。悲しみも深く、その場から逃走した犯人をなんとしても捕まえて殺せと命じています」

やはり一刻も早く嵐静を見つけなくては。見つかったら有無を言わさず殺される。

「犯人は捕まっていないのですよね？」

翔啓が聞くと、涼花は涙を拭いた。そしてぱっと顔をあげる。

「あの……翔啓殿。あたしの話を信じてくださるかわかりませんが。聞いてほしいのです」

「なんでしょうか？」

「静羽は、静羽は……男なのです！」

ぎゅっと目を閉じて意を決したように涼花は言った。しかし、翔啓と留以の冷静さを見て目を丸くしてる。

「あれ？　驚かないんですか？」

「ええ。涼花殿。静羽が男であることは俺も留以殿も知っています」

嘘、と涼花は留以を見あげる。留以は涼花の手を取って「そうだよ」と頷いた。

「俺は静羽を知らないが、皇后の剣と呼ばれる女だと噂されているだろう？　それが男だったとは。さっき翔啓殿に聞いて驚いたんだけれどね」

「そうだったのね。静羽のことを知る人がほかにもいたなんて」

その静羽の正体が滅亡した灯氏の嵐静だということは、涼花もこれから知っていくのかもしれない。留以に任せようと思う。

「翔啓殿はどうして静羽をご存じなのですか？」

「……彼は俺の友人でもあるのです」

その記憶がないのだけれど、彼は命をかけて翔啓を守ってくれた大切な友だ。

「ここでの暮らしで、彼にとって涼花殿が心の支えだったのかもしれませんね」

「はじめて出逢ったときはその正体に驚きましたが。そうだ。以前、静羽が言っていたんです。昔、自分を匿ってくれた友がいたと……もしかして翔啓殿のことなのでしょうか？」

「そんなことを言っていたのですか、彼」

曖昧に返事をする。川辺で倒れている嵐静を助けた。あれが願望でなく記憶ならば、あのあと彼を匿ったのか。

「ええ。とっても懐かしそうにして。あたしは偶然彼の秘密を知ってしまいました。

静羽は茶飲みの友って感じです。でも常になにかを心に隠していて、あたしにすべてを語ってくれることなんてなかったんです。彼の心の支えはずっとその匿ってくれた人ですよ」

この後宮で偶然嵐静に会った日のことをいまでも鮮明に思い出せるのに、昔のことはなにひとつ覚えていない。川辺の出来事も、舞光の言うとおり翔啓の罪悪感が見せた幻想で、真実は違うのではないかと思えてくる。

他人に語られる記憶を繋ぎ合わせていくことしかできないのがもどかしい。

「その友人は元気なのって聞いたら、わからないと寂しそうにしていました」

翔啓は拳を握りしめた。

一刻も早く助けないと、殺されてしまう。城外に逃げたわけではなく、まだ後宮敷地内にいるのだ。絶対に見つからない隠れ場所などあるか？　それにずっと隠れていられるわけがない。地上に顔を出した途端にばっさりだろう。きっとそれを待たれているのだ。捜索は静羽が地上に姿を見せたときに終わる。しかもそれは時間の問題のような気がする。飲まず食わず、眠りもせずにいるだろう。生きた人間がそう何日も堪えられるわけがない。

「どこにいるんだ」

見つけてどうする？　それにどうやってここから出るのか。

このまま逃げたら皇帝殺しの犯人として一生追われることになるのに。翔啓が手を貸したとなれば、沁氏も無事では済まない。

「あたし、静羽は犯人ではないと思います」

きっぱりと涼花は言った。彼女はこの事件に関して違和感を抱いているらしい。

「どうしてそう思うのですか？」

「皇帝陛下は毒殺です。争った形跡もない。たしかに寝室に静羽はいましたが、寝台まで数歩のところに立っていたのです。彼はどうも陛下に手を触れていないようで、両手に短剣を持ったままだったんです」

「寝室に侵入してから毒を飲ませたわけではないと？　すぐ立ち去ればよかったのに？」

「そう思うんです。皇后陛下は陛下がいらしたときに人払いをしています。それに、陛下が口をつけたらしい茶杯は、あたしが寝台に据え付けられた机にご用意したものです。茶は毒見もしているので、それ以降となると、毒を入れる場所と時間は限られてくるのです」

涼花は目線を下げて、怯えたように瞳を左右に動かした。口に出そうかどうか迷っている様子だ。

「涼花殿。無理に言わなくていい」

顔をあげた涼花は、静かに頷いた。

「ありがとう、涼花殿。俺は彼を助けたいだけなんです。犯人が誰であっても、真相が明るみに出ることはないのでしょうね。たとえ殺されたのが国の皇帝であっても」

ため息とともに高くそびえる壁を見あげる。歴史の真実を塗り潰してしまうなんて、意外に容易《たやす》いことなのかもしれない。沈黙が闇を連れてくるのだから。

「皇帝を殺すための皇后の剣だったのかも」

どこにいるんだ。嵐静がただ隠れているのではないと、翔啓は思う。自分が彼だったらどうする？　なんとかして逃げられるはずなのにわざと隠れているのだ。それはなぜ？

灯氏を殲滅させ、真実を塗り潰し歴史から消した。家族を殺されて、胸を貫かれて瀕死の重傷を負ったのに、命を搾取され続けて十年。それなのに皇帝殺しの犯人に仕立てあげられ、無実の罪で追われ殺されようとしている。

ただじゃ死ねないと思うだろう。

嵐静のすべてを忘れてしまっているけれど、ここで偶然出会ったことが再会であり、そこから友としての思い出を紡いでいるのだと信じている。

第四章　浄化の炎

左わき腹の傷が思いのほか深い。

精鋭の兵士に取り囲まれ半数は斬ったが、なにせ人数が多かった。体のあちこちに傷を負い、腹の傷は血が止まらない。

なんだか涼花に助けられたあの日みたいだ。しかし、いまは悠永城全体に追われる身で、味方などひとりもいない。

見つかればすぐ殺される。

皇帝が飲んだ茶には毒が仕込んであったのだろう。嵐静は嵌《は》められたのだ。

あのように病弱でもはやなんの力も持たない皇帝が邪魔になったのだ。

十歳の智玄に帝位を継がせ、幼帝の後ろにつく。そのためにはだらだらと生き永らえる皇帝は邪魔だ。殺して、自分の側近であり謎の存在である皇后の剣を犯人に仕立てる。

あの女の考えそうなことだ。

いつか皇帝を殺すための皇后の剣だったのだ。

手負いで逃げれば体力が削られる。体力が削られれば動きは鈍くなり、逃げられずいつかは見つかる。それにずっと隠れていられない。城外に出るには壁まで行かねばならず、そのあいだに見つかるであろう。

嵐静は深く息を吸い込んだ。ずきりと傷が痛む。

この命尽きる前に、殺される前に、皇后を斬る。

そうすれば沁氏に手を出す者は誰もいなくなる。城内で智玄の出生の秘密を知る者もいなくなる。

どうせこの傷では長くは動けない。

「亡霊は亡霊らしく、だな」

智玄は流彩谷にいるから、騒ぎを聞きつけて帰ってくるのに数日はかかるだろう。最初は父と母を一気に亡くし、悲しむかもしれない。静羽のことを憎んでいい。

悠永国の歴史に灯氏宗主の息子の嵐静としてではなく、国の皇帝と皇后を殺した者として名を刻むのだ。本当の名ではなく、静羽という女子として。

それもいい。友から字をもらってつけた名だ。

血を流し過ぎておかしくなったのか、笑いがこみあげる。

いま自分がいるのは、皇后の自室の下。

床板に短剣の先をねじ込んで覗くと、室内に兵士が五人。それも皇帝の側近で百戦錬磨の者ばかり。部屋の外にも数人、帯剣している兵士がいた。全部で十人。もちろんそれ以上は警護しているはずだ。この体で全員を相手にはできない。

皇帝が死んだすぐあと、襲い来る兵士たちの剣を受け、隙をついて窓を蹴破り部屋を出た。その一瞬、視線が合った皇后の目は血走っていた。

あれは悠永国の皇后ではない。鬼だった。

嵐静を捉えるのに失敗したと思ったのだろう。本当ならあそこで嵐静を殺すつもりだった。いま彼女は、隠し通路を熟知している嵐静がどこに潜んでいるのか、きっと震えているに違いない。このまま飛び出していけば卒倒するのではないか。怯えるあの女を想像しただけで興奮する。でも、軽率なことはしない。

話をしたかった。皇后と。

父とのことを。宋静となにがあったのかを。でなければ死ぬに死ねない。

コツ、コツ、コツ。嵐静の頭のうえを、皇后はそわそわとした様子で歩いている。足音が乱れている。あの蛇のような女でも怯えることがあるのかと考えてしまうが、そういえば不貞を見抜かれるのではないかと怯えて暮らす十年だったのだなと思い出し、笑いがこみあげた。

馬鹿らしい。この女も、私も。

ギシッ。頭上で音がする。寝台に腰かけたようだ。この時を待っていた。

持っていた短剣を頭上にある床板と床板のあいだにそっと突き刺して、刃の向きを変える。すると床板が一枚べりっと剝がれた。

「いまの音はなに⁉」

皇后が声を荒げた。自身のそばでした異音に驚いて動けずにいるようだ。嵐静は剝がした床板から体を抜き、寝台の下へ潜り込んだ。

「ちゃんと見張りなさい！」

あまり騒がれると警備兵が増える。寝台の下から這い出て、姿勢を低くしたまま振り向くと、そこには皇后の華奢な背中と襟から伸びる首筋が見える。気配を察知したのか、皇后が振り向いた。

「きゃあ！」

すかさず背後から口を塞ぐと短剣を喉元に当てがった。

「動けば殺す。剣を置け」

皇后を人質に取られたことで兵士たちは剣の柄《つか》に手をかけたまま、動けず躊躇している。皇后は嵐静に口を塞がれたまま、手のひらを下に向けて合図をしていた。

言うとおりにしろ、ということだ。

「跪《ひざまず》け」

室内にいる兵士三人は剣を床に置いたので、すぐは動けないように跪かせた。

「彼らを外に。あなたと話がしたい」

皇后の耳元でそう言葉をかけると、また手振りで兵士たちに合図を送る。兵士たちはいきり立った。

「皇后陛下！」

「陛下の指示に従え。殺しはしない」

なにもできずにいることがよほど悔しいのか、兵士たちは泥のような怒りの目を嵐静に向けたまま、部屋を出ていった。その怒りは手柄を立てられず自己の優位を示せなかった悔しさだろう。そんなものを戦う理由にするな。

「うーうー」

「陛下。騒がないでくださいますか？　人が入って来たらこの剣を引きます。躊躇しませんよ、私は何人も殺してきた皇后の剣ですから」

「うう、うう」

「……いいでしょう」

口を塞いだ手を外してやる。喉に当てた短剣を外して、衣の帯を摑み、彼女の腹に短剣の先端を当てた。ゆっくりとこちらを向かせる。逃げようとすればすぐにこの刃を細い腰に突き立てる。

皇后は唇の紅が乱れ、呼吸も荒い。ここまできたなら止めることなどできない。もう終わらせたいのだ。

「皇后陛下……白栄凜。教えていただけませんか？　いままで私に黙っていたことを」

「こんな真似をして、なにを聞きたい？　お前はもう死ぬのだぞ」

「……知らないまま死ねません。あなたは、私の父をどうしたのですか？」

「お前の父など知らんが」

「知らないわけがないでしょう。灯氏宗主、宋静です。あなたが唯一、手の届かなかった人だ」

「……なんだと」

嵐静の言葉が怒りに触れたのか、皇后は唇を震わせている。

「なぜ灯氏に殲滅令が出たのか、私は問うことも許されなかった。聞いたら泓氏を襲うとおっしゃるから」

脅しは怖い。目の前で母を殺され、友まで失いそうになったあの頃は、皇后の言うことを聞くしか選択肢がなかった。

なぜですか？　ともう一度聞くと皇后は威嚇する獣のような目をこちらへ向けてくる。

「私と腹の子を殺そうとするからだ。言ったであろう、私たちを害そうとしたからだと」

「身重のあなたを殺そうとしたわけではないはずだ。自分のやったことを正当化しようと事実をすり替えないでください」

腰帯を摑む手に力が入る。刻まれる皇后の呼吸が耳障りだ。いますぐにでも止めてやりたくなる。

「父はあなたを止めようとしたのではないですか？　腹の子の父が皇帝陛下ではないから」

「……静羽、お前」

嵐静は仮面を取って床に落とす。もう姿を偽ることもしたくない。

「ご懐妊前、南部白氏へ里帰りしたそうですね？　子宝祈願もしに。そこから戻るのになぜ北部を経由したのですか？　皇帝陛下はそれを知らなかった。なぜです？

教えてください」

　突きつける剣を衣に食い込ませると、びくりと皇后の肩が跳ねあがる。皇后は荒い呼吸の途中で「宋静に」と口を開いた。

「彼に……会いに行った」

　やはりそうか。警備兵に褒美を与えるなどして買収したに違いない。そんな阿呆《あほう》を同行させた皇帝も馬鹿だ。

「そうですか。昔の思い人だから会いにいったのですか？」

「……誰に、それを」

「陛下は皇太子殿下が自分の子ではないようだと気づいてらっしゃったようですね。その変化を感じ取って、あなたは皇帝陛下を消したんだ」

　舌打ちが聞こえる。

　皇帝がいろいろと語ってくれたのは、自分が死ぬ運命にあるからだった。皇帝に秘密を知られまいと皇后が画策していることを知っていた。知って受け入れた。

「馬鹿馬鹿しい。美談にもならない」

　心の秘密を吐き散らかして逝くなんて、こっちにしてみればいい迷惑だ。死にゆくくせに置いていく言葉は、時として呪いだ。

「なぜ父に会いに行ったのですか？　それにいつ父と知り合ったのです？」

「わ、私は」

「教えてください。皇帝陛下は話してくれました。殺されることを知り、真実を誰かに聞いてほしかったのだと思います。ただ、皇后の剣に殺されるのかと思ったら、用意周到なあなたに殺された。皇后陛下、私が皇帝陛下を殺せないとでも思っていたのですか？」

「私はなにも知らん」

「皇帝陛下の命を取れば、なにもかも自由にしてくださるとの約束を、あなたは破った」

「知らんといっている！」

「そうですか。私との約束を反故にしたことも償っていただきます。話してください。私は後宮に住まう亡霊ですから、いいんですよ、言っても。誰にも知られませんよ」

耳元でそう囁《ささや》いてやる。顔を近づけると皇后の香が鼻についた。

「お前に教えることなどなにもない！」

「教えてくださらなければ、殺します。あなたが大切にしているものを目の前で」

息を飲む皇后の白い首が震えている。

「な、なにをする気？」

「ご存じでしょう？　私は慕われているんですよ。幼いあの方に。実は死んでいませんでしたと出ていったら、きっと喜んでくださる」

「二度と会わさんと言ったであろう」

「この状態でよくそんなことが言えますね。私にとってあんな子供、剣で一突きです」

やめなさい、と皇后の声が震えた。

「話をしましょう。このまま。下手に騒げば耳を切り落としますよ」

「静羽……！」

「昔と違うのです。皇后陛下。あなたはこの十年、私を壊せなかった。なにもかも話していただきたい。さもなくば、皇太子殿下を斬ります」

「智玄に手を出すな」

「……大切なものを守るためには差し出すものが簡単なものであってはならない。あなたが教えてくださったことです。だから差し出してください。あなたの過去を」

皇后の目は怒りと恐怖で濡れている。憎みながら懇願し、恐怖に震えるしかない。脅すとはこういうことだ。

十年前の私は、こんな目をしていたのかもしれないな。

話さないならば斬る。部屋に兵士が突入してきても同じ。嵐静は聴覚を研ぎ澄ませて、誰かの足音がしないか警戒しつつ皇后の動きを封じている。

わき腹がじくじくと痛む。

「呼吸が荒いな、静羽。逃げるあいだに怪我でもしたのか」

「まさか」

この期に及んで支配しているのは自分だと言いたいのか。喉の奥に血の匂いがし、それを飲み込んだ。

部屋に並ぶ燭台《しょくだい》の火が、ジジッという音を立てて蠟燭を縮めた。静けさが痛いほどに部屋を包んだとき、皇后は小さく息を吐き「わかった」と呟く。

「あの方は、私を子ども扱いし相手にしなかった。ずっと」

あの方とは父のことか。

父と皇后はずいぶんと年が離れているはずだ。十七で皇太子を産んだのだから、父と知り合ったのはその数年前だろう。

「当時の白氏宗主の息子と親しかった宋静を、花郷地で何度も見かけた。その頃私は道端で花売りをしていて、宋静はいつも買ってくれた。妻にあげるのだといって」

花を買い、ときには心付けだといって飴玉《あめだま》や甘味をくれることもあったという。

幼い少女がひとり花売りをしていることを、不憫《ふびん》だと思ったのか。

「妻子がすでにいることを知っていたのに、父に恋心を持ったというわけですか」

「……だからなんだというのだ」

皇后は嵐静を睨む。

「両親に早くに死なれ、花売りしかできず、売れ残った花や草を食って生きていた私には、彼への想いがすべてだったのだ」

花郷地で花売りをしてその日暮らしをしていた少女は、紅火岩山からやってくる灯氏の若君に恋をした。ただの美しい恋ではなく、それは追いかけても叶わないものだった。

ぬらぬらと濡れたような皇后の黒い瞳が、それを物語る。

「年の離れた私を相手にしないのは、家柄が釣り合わないからだと思っていた。私が貧しかったから……だから、白氏宗主の姪となった。あの狸爺《たぬきじじい》に取り入るため、なんでもやったのに」

「父は家柄をどうこういう人ではなかった」

たしかに、と皇后は頭を振る。

「白氏宗主の姪の座を手に入れたのに、綺麗な衣を着て美しく化粧をして会いにいっても、お前の父は私を相手にせず、そのうち屋敷にもこなくなった」

「あなたを思って取った行動だったはず」

「お前になにがわかる。あの方との血の繋がりがあるからといって、思いまで同じだと思うな」

たしかに父と皇后のあいだにしかわからない事情もあっただろう。だが、恋い慕う気持ちを暗闇で育てて父を死に追いやったことは、父を理解していない証拠だ。

皇后は恨んでいるのだ。父を。

「白氏を抜けて北部に渡ろうとも思った。だが、女子がひとりで知らぬ土地へ渡ったところでなにもできない。また草を食《は》む生活をするはめになる。だから宗主から持ち掛けられた後宮入りの話も受け入れた」

想いを忘れるために後宮入りを決意したというのか。

「なんのために白氏に取り入ったのかを、宗主に知られてしまったからな。白氏の名誉とは表向きの理由。厄介払いをされたのだ、私は」

「……いられなくなったと？　なんとも滑稽です。身から出た錆でしょう」

「自分の心に従ったまで。お前たちには死んでもわかるまい」

「わかりたくもありませんね。ですが、気の進まないことだったとはいえ、後宮でのしあがり、皇后の座に着いた。替わりのものを手に入れたではないですか」

「……替わりなどない。手に入れられないものはどうしても欲しくなる。そのために皇后になったのだ。心が手に入らないなら体をよこせと望むのは間違いか？」

皇后はまた嵐静を睨むと、剣を突きつけられているというのに自ら嵐静に体を寄せて細い指で頬に触れてきた。ぞっとする。

後宮入りを決意した。それなのになぜまだ過去に縋り大きな罪を犯したのだ。

「あなたは結局忘れられなかったんだ、父を」

「忘れるつもりなど毛頭なかった。花売り少女は後宮へ入れられた。そんな娘を優しい宋静は不憫に思い忘れないだろう？　あの方に忘れられたら死と同じだ」

「……あなたは父になにをしたのです？」

熱を持つ甘い息が嵐静の頬にかかる。皇后は遠い思い出の中にいる思い人だけを見ている。嵐静はおぞましくなり呼吸を止めた。

「久しぶりの再会は楽しかったぞ。特別な酒で意識が朦朧《もうろう》とした宋静は、もう私を拒否しなかった」

父も嵌められたのだ。女の体を八つ裂きにしたくなる衝動を抑えるのは容易ではなかった。

「そんな自分勝手な想いの押しつけで、父たちの命を奪ったのか」

父は皇后を止めにいったのだ。自分がなにをしてしまったのか、罠にかけられたと気づいてからどれだけ苦しんだのか。

「怒りで瞳の赤が濃くなるのだな。面白い。怒りではなく悲しみか？」

にいっと笑う皇后の目を抉《えぐ》りたいと思う。

「そのせいで私たちがどれだけ苦しんだと」

「私も苦しんだ。おあいこだろう。私は好いた相手に一度も抱かれることなく死にたくなかった」

「大罪を犯そうとするあなたを止めようとしたのだ、父は。心をやれないかわりにあなたの将来を考えたのに、きっと！」

「あの人と同じ顔をして同じことをいうな！」

皇后は唾を飛ばして喚いた。追い詰められて開き直ったのだろうか。

「秘密は私だけのものなのに。欲しかったから望みを叶えただけだ。親子して暴こうとするな。一度も振り向かなかったくせに。それなのに私のしたことを大きな間違いのように」

「止めるに決まっている！　父は悪を許さない人だった」

「宋静にとっては悪でもこれが私の正義だ。万が一皇帝に知られたら殺される。せっかく手に入れた私だけの幸せであり、宝物なのに。だから宋静には黙ってもらっただけよ。なのに」

冷たく細い指に頬を撫でられる。ぞっとする。

「息子がいることは知っていた。お前を見た時は驚いたわ。宋静の命を消したあとにまるで舞い戻ったのかと思ったわ」

嵐静は喉の奥に溜まった血を飲み込んだ。わき腹の傷とは別に、打撲で内部が傷ついている。

「お前はあの方と生き写しで私の前に現れた。……まるで責められているみたい」

仮面をつけるようにしたのも、父によく似たこの顔を隠すためか。殺さずにそばに置いたのも、父のものを逃がしたくなかったからか。

この女の歪んだ片恋のために、多くの人が死んでいったっていうのか。花売りのままであったなら、もっと違う未来があったはずなのに。

「あなたは、なんてことをしたのですか」

「殺さないでくれ、なんでもするから妻と息子を殺さないでくれって懇願していたわ。あの方の泣き顔は美しかった」

翔啓を殺さないで。助けてください、お願いだ。

あの日、父も嵐静と同じく叫んでいたのだ。

「殺した父の替わりにしたのですか、私を」

「この顔をそばに置いておけば、思い出すことができるからな」

「皇后の剣とは、最初から皇帝を殺すためのものだったのですか？」

「死んだあの方も私を忘れない」

「そんなわけない。質問に答えてください」

嵐静の頬を涙が伝う。

他の領地で知り合った花売りの少女。父は少女が自分へ恋心を抱いていると知って、無下にするような人ではなかったはずだ。ただ、受け止められないものがあった。そして罪を犯そうとする者を止めようとして、できなかったのだ。

最期に家族の無事を祈った。父がどんな思いで息絶えていったか。

「許さない」

みんな死んだ。自然とともに生き、誇りと慈しみを持った灯氏の人たちだったのに。雄々しい岩肌に太古の昔から燃える炎を抱く紅火岩山。守り人たちの命を散らしたこの女の罪は重い。

「静羽。……いや、嵐静。お前に智玄の側近を命じよう」

それに、智玄への秘密も罪深い。皇帝の子ではないと本人に知られるわけにはいかない。

「後宮から出てこれから男としての人生を歩め」

智玄を守ってくれという皇帝の願いは、秘密から守ってくれということだったのかもしれない。

「……それと引き替えに、私はなにを差し出せばよろしいのですか？　皇后陛下？」

「私を生かせ」

目を閉じると唯一守れたもの、翔啓の姿が涙の中に浮かぶ。

この女さえいなければ、灯氏が滅びることはなかった。智玄も罪を犯した母を持つことはなかった。嵐静も普通の青年として生きられた。

翔啓もあんな体にならずに済んだ。大怪我をすることも、記憶をなくして苦しむこともなかった。屈託のない笑顔のまま奔放に生きていてほしかったのに。

「もうあなたの命令に従えない」

皇后の細い首を摑む。

「領地も屋敷も、伴侶も与えよう！」

耳障りな声だった。ぐっと首を押してやると皇后は体勢を崩して倒れた。

「そんなものいらない」

腹ではなく首を斬る。一撃で仕留められるように育てられたのだから。

「もう従えません。だってあなたは、私の大切なものを奪って壊そうとなさるから」

皇后がまたなにかを喚いているが、ただの雑音にしか聞こえない。

「終わらせましょう。こんな茶番」

腰帯に忍ばせたもう一本の短剣も左手に握り、嵐静は両手に力を込めた。

＊　＊　＊

翔啓は「ここです」と留以に案内された部屋へ駆け込んだ。

「嵐静！」

名を叫ぶと、素顔の彼が振り向いた。

「やっぱりここにいた」

座り込む皇后に短剣を突きつけている嵐静は、部屋に入って来た翔啓に驚いて目を見開いている。

皇帝が殺されてからいままでどこに隠れていたのだろう。嵐静は疲労の色も濃く、顔色も悪い。眠ることも食べることもしていないに違いなかった。

「嵐静、だめだよ」

彼は両手に剣を握り、いまにも皇后に飛びかかろうとしている。翔啓はそのあいだに割って入った。剣を握っている右の腕を掴むと、彼は剣を床に落とした。翔啓はそれを拾う。

皇后は急いで立ちあがり、入口に向かって叫んだ。

「護衛！　この者たちを捕らえろ！」

呼びかけには留以がひとり来ただけ。あとはなにも起きなかった。

「なんだ、留以！　なにをしている？」

「警備兵を撤収させせました」

「……なんだと」

「皇帝陛下暗殺の犯人は皇后陛下のお部屋にいると通報がありましたので、皆を外に配置させせました」

「ならば早く捕らえろ！　役立たずめが！」

金切声で叫んだ皇后は留以を指して罵った。留以はなにも答えずにじっと動かずにいる。

「留以、なにをしている？」

「宮女の証言がありました。静羽の仕業ではないと」

「陛下を殺した犯人は静羽だ！　そこにいるではないか」

今度は嵐静を指さして皇后は叫んだ。留以は首をひねる。

「静羽は女子なのですよね？　この部屋に皇后陛下以外の女子はおりませんが」

「なにを言っているのだ！　それに、沁の若君！」

背後から皇后に呼ばれ、嵐静の手を取ったままで振り向く。

「なぜここにいる？　そなたは以前にも後宮へ許可もなく入り込んだことがあっただろう？　知らないとでも思っていたか」

「……申し訳ございません」

皇后はこちらへ歩いてくる。なにかしてくるのではないかと、翔啓は嵐静を背に隠すようにした。拾った剣を構える。

「私を殺すのか？　それはできまい。灯氏と同じ目に遭いたいか」

「わかっています。でも、嵐静を傷つけることはさせません」

翔啓の目の前で立ち止まり、鼻で笑う皇后。そして背を向けて、寝台へ向かって腰を下ろした。

「まるであのときと同じだな」

「あのとき？」

「私がなにをしたのか、そなたは知っていた」

またか。こんなところにも翔啓の過去を知る人間がいる。

「なんのことなのか、俺にはわかりません」

「そうか……そうだった。沁の若君は記憶がないのだったな」

馬鹿にしたような皇后の笑みに腹が立つ。なにを知っているのか、聞きだしたいがそんな時間はない。狼狽《うろた》える翔啓に皇后は指を突きつけた。

「沁の若君。嵐静を殺せ」

馬鹿げた命令だった。怒りが腹の中を蛇のように食い破ろうとしていた。

「そんなこと、できるわけがありません」

「殺せ。そうすれば後宮へ許可なく立ち入った罪を許そう。皇帝暗殺の犯人を殺したという手柄にもなろう」

手柄なんて必要ない。守るために、助けるためにここへ来たのに、殺すなんてできるわけがない。

「……殺せば、ここから出られるのですか？　彼は」

嵐静を掴んでいた手を放したら、逆に掴まれた。彼は小声で翔啓に訴えた。

「私は……私はやっていない」

そんなことはわかっている。

翔啓は嵐静の呼吸が荒いことに気がついた。彼はどこかに怪我をしている。

「嵐静？　あんた」

彼は首を横に振った。なんでもないとでも？

「翔啓。私が火を放つから、その隙にここから逃がす」

頭のすぐ後ろで、皇后に気づかれないように嵐静はそう囁いた。こんなときでも、自分が傷を負っていても、翔啓を助けようとする。

どうして俺なんかのために。

翔啓は皇后を睨んだ。

「皇后陛下。嵐静を返してください」

「なにを言うか。沁の若君。嵐静はそなたのものではない」

「お願いします」

「……私のものだ」

「俺の友だ！」

翔啓を摑んでいた嵐静の手が離れた。振り向くと同時に、嵐静は懐から火種を出し、火を点《つ》けて床に放った。翔啓は近くにあった燭台を倒す。すると一気に敷布や部屋飾りなどに燃え広がった。

「うわっ」

思ったよりも燃え広がる速度が速く、大きな炎に驚いてしまう。煙も熱も激しい。

「翔啓！」

動けずにいたら嵐静に手を引かれた。

「ぼうっとするな」

振り向くと、皇后は放心したように燃えあがる天井を見ている。

翔啓は嵐静と一緒に部屋を出ようとした。入口に立っていた留以に向かって嵐静は「皇后陛下を頼む」と告げる。うなずく留以を確認し、ふたりはそのまま皇后の寝所から外へ走り出た。

留以が建物の外に配備したといっていた警備兵はいなかった。

「こっちだ」

嵐静は翔啓の手を引いて、中庭にある池の近くへ連れてきた。火の手が大きくなれば、あちこちに燃え移っていくだろう。

「翔啓、火傷はしていないか?」

「していない」

「怪我は?」

「してないよ。ちょっと、嵐静」

「どこか、痛いところ……ごほっ」

咳きこんだ嵐静が血を吐いた。やっぱり怪我をしているのは彼の方だ。血が細く糸を引き、顎を伝っていく様子が痛々しい。その血を手で拭ってやると「汚れるから」と止められた。

「こんなときになに言ってんだよ。どこを怪我した？」

「大丈夫だ。かすり傷だから」

「かすり傷でこんなにならないよ！　俺に無茶するなっていうけれど、あんたが一番無茶をする」

火事を知らせる鐘だろうか。カンカンという音が遠くで鳴っている。すぐに火を消されることを祈るしかない。皇后は留以に任せたし、きっと被害は小さくて済む。後宮の敷地から早く出ないといけないけれど、負傷した嵐静に無理はさせられない。

「ここに座って。傷の具合を見るから」

「私に触るな」

「だめだって！」

胸元を開こうとした手を止められる。でも、抵抗したって無駄だ。

「なんで？　どうしてこんなに無理をするんだよ。もっと自分を大切にしてよ」

「無理はしていない。この命をどう使おうと私の勝手だ」

「やめろって、そういうの。なんで俺をそんなに突っぱねるかな」

嵐静の胸と腹とを探っていると、湿っている部分があった。右のわき腹だ。

「出血が酷い……どうしたんだ、これ」

「囲まれた兵士から逃げる時にしくじった」

「……せめて布をあてがうよ。あとできちんと手当てをしなくちゃ」

「いい。私は平気だ。血は止まっている」

そんなの嘘だ。青ざめた顔をしているくせに。

「嵐静。言うことを聞いて」

こんな時に嫌がっている場合か。衣の胸を開くと、紐に通して首にかけた紫色の石の指輪と、あともうひとつ、あるものが目に飛び込んでくる。右胸の大きな傷に思わず息を飲む。

「同じ傷だ。俺と」

嵐静はなにも答えない。

衣を脱がせ右肩が露《あら》わになると、背中のほうに同じように傷があることに気がつく。胸から背中へ剣が貫通したのだ。翔啓は泣きそうになって、堪えるのに必死だった。

持っていた手巾をわき腹の傷に当てる。脱がせた衣をもとにもどしてやり、翔啓は自分の帯紐を解く。傷に障らないよう、手巾を当てている上から巻いてやった。

「手当てになってないけれど。舞光にちゃんと習うんだった」

「……ありがとう」

「なんか、こんな風にあんたを手当てした気がする」

「……思い出したのか？」

翔啓は首を横に振った。そうか、と嵐静は静かにため息をつく。安堵《あんど》なのか、失望なのか、表情からは読み取れない。

「……俺のせいなんでしょ？　あんたがここにいるの」

以前、どうして後宮から出ないのかと嵐静に詰め寄った。彼はそのときどんな気持ちでいたのだろうか。

「きみのせいじゃない。気にしなくていい。もう終わったことだから」

「灯氏のことも、一緒に逃げてきたことも。なにもかも忘れていて、ごめん。思い出せないんだ」

「謝るな。思い出さなくたっていいんだ」

「十年前になにがあったかは、少しは知ることができたよ。でも、記憶は戻らないんだ」

「無理をするな。体に障る」

とん、と嵐静は翔啓の右胸を拳で叩いてくる。とん、とん。優しく、そして強く。

「なにがあったとしても、もういまとなっては元に戻せない」

「沁氏は灯氏を助けなかった。嵐静の父上の文を見つけたんだ」

「父上の文？」

「殲滅令のあとすぐに沁氏宗主宛てに出したものだった。助けてほしいって、嵐静が流彩谷へ逃げ延びたら匿って欲しいと書いてあった」

そう伝えたら、嵐静の瞳が一瞬濡れた。泣くのかと思ったが、彼はふっと笑って「いいんだ」と言った。彼のこんな顔をはじめて見たかもしれない。

「翔啓が私を助けてくれたじゃないか」

記憶なのか、助けたかったという心理が見せた幻なのか、流彩谷の河原で倒れている嵐静を見つけた。あの出来事が現在に繋がっているのだとしたら、少しは償いになるのだろうか。

「翔啓があのとき匿ってくれなかったら、私は生きていなかっただろうから」

「ただそれだけのことで。どうして俺なんかのために、十年も」

償いたくてもどうしようもない。時間を戻すことはできない。

「この指輪は母の形見。そして短剣は父の形見だ」

嵐静は胸に手を当て、短剣の刃を愛おしそうに指で撫でた。その剣は翔啓がはじめて後宮に迷い込んだときに「預かる」といって持っていってしまったやつだ。

「そんなに大切なものだったのか。勝手に触ったりしてごめんな」

「約束を守って返してくれたからいい」

「……あのときは、そうすればまた会えるんじゃないかと思った」

後宮に女の姿で潜む存在が気になって仕方がなかっただけなのだけれど。恥ずかしくなって翔啓は額を掻《か》いた。

「私は……父も母も殺され、産まれるはずだった弟か妹も亡くした。失ったものが大きすぎて私には生きる希望がなにもなかった」

嵐静は赤い瞳の目を細めて翔啓の頭を撫でる。まるでそこに愛おしい家族がいるかのように。

「私のそばには、翔啓。きみしかいなかった」

そう言うと彼は見たこともない穏やかな笑顔を見せた。

俺は嵐静になにをしてやれる？　十年ここで耐え忍んできたこの命のためにどう

生きたらいい?

宮女たちが炎に恐怖し悲鳴をあげ、消火活動に兵士たちが走りまわっている。

「帰ろう、嵐静。ここから出よう。俺と一緒にいこう」

嵐静に肩を貸して一緒に立ちあがる。

この混乱に乗じて正面門から出てしまおう。中庭を突っ切る道を真っ直ぐに進む。

振り返ると、いくつもの建物が大きな炎に包まれていた。延焼がはじまったのだ。

「彼らに任せておけ。皆こういうときの訓練は受けている者たちばかりだ。すぐに消し止められるはずだ」

「うん……早く逃げよう」

思ったよりも嵐静の足取りはしっかりしており、安心した。けれど傷は浅くはない。すぐに手当てをしなければならない。ここを出たら侍医殿にいき、嵐静のことを崔に頼めないだろうか。

やっと正面門までたどり着いたとき、こちらに駆け寄ってくる人がいる。智玄だった。

「翔啓!」

「殿下。早かったのですね!」

「ゆっくり戻るなんてできないからね……出火元は？」

「長紅殿です」

母上の？　と智玄がつぶやく。

「留以殿がご一緒のはずですから、心配いりません」

「そうか。と、この人は」

智玄は嵐静を見て「まさか」と目を丸くした。翔啓が頷くと、智玄は「こっちにきて」とふたりを壁に寄せて、まわりから隠すようにした。

「そうか……ふたりとも無事に帰すから安心してほしい」

「殿下。ありがとうございます」

智玄に会えて、ようやくすこしだけほっとできた気がする。

「殿下、彼は怪我をしているので、侍医殿で手当てをしてもらわないといけないのです。嵐静、少し我慢できるか？」

嵐静の様子を窺うと「平気だ」と翔啓の腕を解いた。彼は遠くを見るように翔啓の向こうに視線を飛ばしたあと、表情を曇らせた。

「どうした？」

振り向くと留以が走ってくるのが見えた。煤《すす》で顔が真っ黒だ。翔啓と一緒に智玄がいることに気づくと、そちらへ駆け寄った。

「殿下！　あの、大変です」

長紅殿でなにがあったのか智玄は知らない。きょとんとしていたが、留以の焦った様子でなにか非常事態だと悟ったようだ。

「……留以殿、皇后陛下は？」

翔啓が問うと「ああっ」と留以は顔を両手で覆った。

「どうしたの、なにかあったのか？」

「殿下！　申し訳ございません」

切らした息をそのままに、智玄に向かって留以は「すみません、すみません」と何度も頭を下げる。

「言ってみよ」

「外まであと一歩のところまでご一緒に逃げたのですが、陛下はなぜかまた戻ってしまわれて！　追いかけたのですが、梁《はり》が焼け落ちてきてしまい俺は戻ることができず」

「なんだって」

「殿下をよろしく頼むと……！」

「母上！」

聞いた途端に智玄は走り出した。その体を止めたのは嵐静だった。

「放せ。母上のところへいく！」

「だめです、殿下。危険です。延焼がはじまっていて近寄ったら火傷では済みません」

「どうして、だって母上がまだ中にいるのでしょう？　誰か私と一緒に助けにいってくれ！」

泣きながら智玄は嵐静の胸を殴る。

あの炎の中にいるのだとしたら、とても無事だとは思えない。皇后はなにを考えて燃えさかる長紅殿へ戻っていったのだろうか。

「殿下。私がいきます。ここでお待ちを」

嵐静はそう言って、智玄の体を留以に預けている。わき腹をおさえながら走り出そうとした嵐静を、翔啓は全力で止めた。こいつもなにを考えているのだろうか。せっかく助かったというのに。

「なにやってんの！」

「放せ。私が行く」

「ちょっと……待ってよ、嵐静。その体でなんかの冗談？」

「隠し通路から中に入る。私しかできないから」

「だからって！　待ってよ、なに考えてんの？　あんたは俺と一緒にここを出るんだよ！」

放っておけよ、そう言いたかった。うしろからは智玄の悲痛な叫び声が響く。母上、母上。その声は胸が抉られるようだ。智玄の様子に宮女たちも驚き狼狽えている。

「いかせないからな！」

尚も止める翔啓を振り切って、嵐静は走り出した。

止めなくては。傷を負った体であの炎の中に飛び込むなんて、いくらなんでも無茶だ。逃げる人たちと逆方向に翔啓と嵐静は走った。炎に包まれた長紅殿の前へたどり着き、その様子に恐怖に駆られた。炎は窓から蛇の舌のように長く伸び、その体を建物に巻きつけている。

「この中へ入るっていうのか！　嵐静。気は確かか？」

「生きているかどうかだけでも確認してくる。生きていたら助ける」

「なに言ってるんだよ。この中で生きているわけないだろう！」

「死んでいたら軀《むくろ》を運ぶ。殿下にとっては実の母だ。私には仇《かたき》でも」

「どうして、そんな……」

「殿下が母を亡くした私と重なった」

だからって、なぜ自由になれるというのに自ら危険に身をさらすのか。

「……いくな、嵐静」

嵐静の前に立ちはだかると、彼は首にかけていた母の形見だという指輪を外し翔啓の首にかける。

「なにしてんだよ！」

「翔啓にこれを預けるから。持っていてくれ。私は必ず戻る」

「嵐静！」

嵐静の手を摑もうとしたとき、胸を強く押されて体勢を崩した。その隙に嵐静は燃えさかる長紅殿へ向かっていく。

「嵐静！」

後を追いかけようとして誰かに止められる。放せ、嵐静を連れ戻す。危ない、行ってはいけない。もうあの建物はもたない。焼け落ちる。

「誰かあいつを止めてくれよ！」

体が切り裂かれそうだ。どうして止められないのだろう。真っ赤な炎の中に嵐静の姿は消えていった。

＊　　＊　　＊

低い位置を這っていけばなんとか通路を抜けられる。こんな場所であの女と心中などするつもりはない。

嵐静は転がっていた花瓶を拾い、残っていた水を頭からかぶった。わき腹の傷が痛むが、躊躇していたら今度こそこの身が危ない。

「私は戻らなくてはならない」

あの女が生きていたら助ける。死んでいたら軀を運んで脱出する。どっちにしろ、皇后をここから運び出すつもりだ。

隠し通路を使うと翔啓に言ったが、あんな狭い通路、煙が充満していて通れるわけがない。嵐静だけが行けるのだと思い込ませた方が、大人しく待っていてくれると考えたのだ。あんなに必死に止められると思わなかった。

あの日、母の軀を運べなかった。まだきっとあの森で眠っているだろう。あの頃はまだ体が小さく、深く穴を掘れなかった。母のうえにかけたのは落ち葉。山には獣がいる。美しい母の姿のままであるはずがない。想像しそうになり、想いを振り切るように炎を見つめた。

いますべきことをしろ。他に気を取られるな。

火のまわりが早く、おそらくこの建物はもうもたない。脱出まで間に合うのかもわからない。それに、こんな状態の中であの女が生きているわけがない。

自分の髪の毛が焦げる臭いがする。

生きていることを確認したかったのではない。あれの死を見たかった。

仇の死と智玄の母であることは切り離して考えたかった。

ほどなくして皇后の部屋へ来た。なにもかもに燃え移り、あたり一面火の海だった。己の体にも炎が手を伸ばしてくる。

部屋の中央には膝を抱えるようにしてうずくまる人影があった。あれがそうだ。きっととっくに死んでいる。

嵐静は袖で口を塞いで立ちあがった。うずくまっている皇后に近づくと、様子を窺った。髪は乱れ、豪奢な衣は焦げている。しかしこんな激しい炎の中でこのように焼けずに残っていることは驚きだった。

顔を見ようと肩を押してみる。体はそのまま横に倒れ、表情が見えた。目を閉じて眠っているようだった。

「おい」

反応がない。当たり前か。体が燃えなくとも先に煙にやられたのかもしれない。

皇后はなぜ留以の救出を拒んで部屋に戻ったのか。こんな人間にも自責の念というものがあったのだろうか。

「軀を運び出すのはあなたのためではない。殿下のためだ」

嵐静は皇后を抱えあげて起こすと、背負った。とにかくここから脱出をしなくてはならない。どこを通れば外に出られるか、考えているあいだにも炎はじりじりと衣と肌を焦がしていく。天井の一部が焼け落ち、目の前に火の雨が降ってくる。

熱い。息が苦しい。目がかすんでくる。

下を見ると血だまりができている。誰のだろうと思ったが、腹に傷があることを思い出した。途端に痛みの感覚が戻ってくる。痛いということはまだ生きている証拠だ。

「そう、せい」

掠《かす》れた声が耳元で父の名を呼んだ。驚いた。まだ生きていたのか。

「来てくれたの、宋静」

嵐静のことを宋静と間違えている。この期に及んで幸せな夢など見させるものか。

「お前は罪を地獄で償え」

あいしているわ、と皇后がつぶやく。

胸の前に垂れていた皇后の腕がゆっくりとあがり、細い指が嵐静の首を絞めつけてくる。どこにこんな力が残っていたというのだろう。まとわりつき肌に爪を食い込ませている細い指を引き離す。皇后の手は焼けただれていて、触れると皮が捲《めく》れた。皇后はなにかをまた呟いて、髪に挿していた金の簪を抜き取り、嵐静の胸に突き立てた。

ふたたび力なくだらりと垂れさがった腕は、再び動くことはなかった。

「私はお前を愛してなどいない」

嵐静はゆっくりと息を吸い込む。

戻るんだ。必ず。

一緒に帰ろうと導いてくれる、ただひとりの友のもとに。

燃えさかる長紅殿へ何度も入ろうとしたため、翔啓は兵士三人がかりで正門まで戻されてしまった。これ以上抵抗をすると悪目立ちして城から出されてしまいかねない。嵐静と離されてしまうのを恐れて、仕方なく指示にしたがった。

大丈夫。嵐静はきっと戻ってくる。大丈夫だ、信じろ。言い聞かせないと手も足も震えて仕方がなかった。

＊　＊　＊

正門には既に智玄と留以の姿はなく、宮女や宦官《かんがん》たちが不安げな表情で群れていた。気がつかなかったが、灰色の制服姿の者たちが駆けまわっている。侍医殿の医者や弟子たちだ。

「あの、すみません！」

翔啓が声をかけると、灰色の制服姿の青年が振り返った。ふたりで「あ」と互いを指さす。

「翔啓殿じゃないですか！」

「参良《さんりょう》殿！」

体の大きな彼は驚いていたが、すぐに笑顔になった。

「どうしてここに。あ、そうか、殿下が流彩谷へ滞在していたのですよね」

「非常事態で混乱しているだろうから、心配で殿下についてきちゃいました」

参良が状況を教えてくれた。彼の話では、後宮内の延焼は五棟。木造の建物は火のまわりが早く、逃げ遅れた者もいるかもしれないとのことだ。怪我人はやはり多いらしい。

「参良殿。殿下はいまどちらへ？」

「皇帝陛下のもとへいかれました」

「そうか」

「申し訳ございません、翔啓殿。俺はここで。仕事をしなくてはなりません」

「参良殿、待って。俺も手伝う」

怪我人も大勢出ているならばいま侍医殿は大忙しのはずだ。翔啓だって一応は沁氏の者。医者ではないが、簡単な処置くらいは手伝える。参良が抱えていた薬箱のひとつを持つと「参りましょう」と誘った。

「ありがたい。本当に人手が足りませんので」

翔啓は参良について、再び後宮の奥へ入っていった。

「翔啓殿にはこれを」

歩きながら参良は手に持った水筒をこちらへ差し出した。

「これは？」

「瑠璃泉です。皇太子殿下が悠永城備蓄倉庫を開放して利用できるようにしてくださったんです。煙を吸った怪我人や火傷の酷い者のために、薬とともに城にある瑠璃泉を役立てるようにと」

「わかりました。預かります」

参良から水筒を受け取って肩にかける。皮革の水筒はずっしり重く、瑠璃泉がたっぷりと入っていることがわかる。

翔啓はあたりを見まわす。中庭にはたくさんの人が座り込んだり寝かされたりしていた。正門まで逃げられた人々はまだよかったのかもしれない。木陰にうずくまる女子が目に留まり、瑠璃泉を与えた。指先を火傷していたのでそれにも瑠璃泉をかけてやる。

「あとできちんと手当てしてもらいなさい」

「ありがとうございます」

彼女の隣に横たわる下働きの少女、その後ろですすり泣く老女。衣を焼いてしまい足を火傷している宦官。水筒の瑠璃泉はどんどん減っていく。

ふと気づくと、長紅殿の前まで戻ってきていた。正確に言えば、長紅殿だったもの。大きく焼き崩れてしまい見る影もない。水びたしだがまだ煙がくすぶっていて、豪奢だった建物は炭の塊になっている。

兵士がひとり通りかかったので呼び止めた。

「なんだ？」

「あの、ここには逃げ遅れた人がいませんでしたか？」

遺体があるのかとは怖くて聞けなかった。兵士は翔啓を頭から足まで舐《な》めるように見て「誰だ、こいつ」という顔をした。そして「いないよ」と言い残して去っていった。

いないってことは、嵐静はちゃんと脱出できたに違いない。きっと皇后のことも連れて。

翔啓にはどこが皇后のいた部屋なのかわからない。でも、秋祭りのときに智玄とここまできたことは覚えている。あのときは中へ入ってからすぐに嵐静に捕まったのだった。どこをどう連れていかれたかまではわからないが、鬱蒼《うっそう》と木々が生い茂る場所にたどり着いて、そこから外へ出たような気がする。

ふらふらと建物の裏手へまわると、ただの焼け焦げた地面が広がっているだけだった。

なにか手がかりがないかと見まわしたが無駄だ。あの炎じゃなにもかもすべて燃え尽きてしまったはずだ。濡れた地面を踏みしめて、後宮を囲む高い壁まで真っ直ぐに歩く。突き当り、手を当ててぐっと押してみた。びくともしない。

そう簡単に見つけられるわけがないか。嵐静がいたからからくりがわかったのだ。

それでも壁に触れながら少しずつ移動する。真っ直ぐ壁伝いに歩いて、ときどき押してみたり、出っ張りがあれば動くか確かめたりした。

ずいぶんと長い時間そうしていたが、なにもわからなかった。

どこへいっただろうか。焼き崩れた建物を振り返る。本当はあの下敷きになっているのではないだろうか。だったらこの手で救って連れて帰りたい。あの炎に包まれた長紅殿へ入っていって無事でいるほうが不思議なのかもしれない。そう考えると涙が自然と溢れて止まらなくなった。

「探さなくちゃ」

建物へと引き返そうとしたときだった。壁を触っていた手に赤黒い汚れがついていることに気がついた。

「まさか、また？」

胸を触ってみたがどこも変わった様子はなかった。自分の血ではない。触れていた壁を調べる。よくみるとそれは誰かが血のついた手で触ったあとだと気づいた。

「嵐静……？」

ここから外に脱出したのか？　どうやったら出られるのだろう。あのとき彼はどうした？

「俺をここへ押しつけて、力いっぱい……」

押してみた。すると壁は回転し、秋祭りの夜と同じように翔啓の体を飲み込んだ。吐き出されるようにして地面に転がった翔啓は、しこたま背中を打ってしまい、呼吸が止まった。

あのときと同じだ。咳きこみながら、立とうと地面に手をついた。その地面に赤い点がひとつ落ちている。少し離れたところにまたひとつ。その先にふたつ。

血だ。

それは壁に沿って点々と続いていて、転んだのか乱れている場所もある。やっぱりあそこから外に出たんだ。嵐静は近くにいる。

「どこへいった？　嵐静！」

あたりにはなにもない。警備兵もいなければ馬車を待つ人々もいない。このあたりは悠永城外の南なのか北なのか、どこなのだろう。城下町どころか、あたりには草原が広がって、山の稜線に繋がっている。

ふと視線を壁沿いに戻すと、ずっと先になにかが見えた。黒い塊だった。翔啓はそれに向かって駆け出した。途中、転んでしまい膝をすりむいたが構わずに、必死に走った。

近寄るごとにそれがなんなのかわかり、呼吸が荒くなる。

地に横臥《おうが》する嵐静がいた。

父の形見だという短剣を持った右手を口元に、投げ出された左手には金と翡翠の簪を持っている。

あんなに艶やかだった黒髪は先が焦げ、頬は煤で真っ黒だ。靴も履いておらず裸足で、爪先には血がにじんでいる。黒衣もところどころ焼けていて、ぼろぼろになっていた。

あたりには雪みたいな灰が降っている。

「だから、いくなっていったのに」

嵐静のそばに膝をつく。そっと抱き起すと彼から焦げた臭いがした。

「嵐静」

手から転げ落ちた金の簪は、きっと皇后のものだろう。こんなもののためにあの炎の中へ入っていったのか。相変わらず無茶ばかりをする。

「おい、嵐静」

話しかけても反応がない。何度も名を呼んで、頬を叩く。綺麗に並んだ睫毛《まつげ》は一寸も動かず、唇も色を失っている。

瑠璃泉を飲ませようと水筒の飲み口を口に入れてやるが、脇から零《こぼ》れてしまう。

「飲んで、嵐静」

なんとかひと口でも体に入れてやりたい。翔啓は瑠璃泉を自分の口に含んで、嵐静に口移しをした。

飲み込め、少しでもいいから。

「しっかりして」

抱きしめた体は冷たく、力が抜けていてずっしりと重い。短剣を硬く握っている指を一本ずつはずしてやると、まだすこし温かい。その手を握った。

指のあいだから抜け落ちていく砂みたいに、手のぬくもりはゆっくりと遠くなる。

翔啓は朧気《おぼろげ》な命の欠片を、手繰り寄せるように力強く抱いた。

翔啓の命を救うために己を犠牲にした嵐静。出会わなければこんなことにならなかった。普通の青年として幸せに暮らしただろうに。

あんたにそんなにまでしてもらうほど、俺には価値があるのだろうか。答えてくれよ。

慟哭《どうこく》は大地を吹く風が流していき、いつしか掠れてしまった。

傷ついた友の体を背負い、翔啓は歩き出した。

「一緒に帰ろう」

置いてはいかないと約束したんだ。己の心に従い、信じたもののために命を使うのだ。

きみしかいなかったと微笑む友を、ひとりにはしない。

悠永城から馬車が走り去っていく。北へ一台。そのあとでもう一台、別な方向へ。

孤独や悲惨《ひさん》は炎が浄化し、焦土《しょうど》に雨が降れば新たな芽吹きをもたらす。

ほどなくして、悠永国ではまだあどけない少年の智玄が玉座についた。

本書は書き下ろしです。

本作品はフィクションです。実在の個人、団体とは一切関係ありません。（編集部）

実業之日本社文庫　最新刊

蒼山螢
後宮の炎王　弐
一族が統治する流彩谷に戻った翔啓は、記憶から失われた過去を探り始める。一方、嵐静には皇帝暗殺の嫌疑が!?　波瀾の中華後宮ファンタジー続編、佳境へ！

あ263

いぬじゅん
無人駅で君を待っている
二度と会えないあの人に、もう一度だけ会えるとしたら…。あなたは「夕焼け列車」の奇跡を信じますか？号泣の名作、書き下ろし一篇を加え、待望の文庫化！

い183

沖田円
怪異相談処　がらくた堂奇譚
がらくた堂と呼ばれる古民家で、杠葉は怪異の相談を受け、助手の遊馬とともに調査に乗り出すが…!?　沖田円が紡ぐ、切なくも温かい不思議世界の連作短編！

お112

風野真知雄
消えた将軍　大奥同心・村雨広の純心　新装版
紀州藩主・徳川吉宗の策謀により同じ御三家尾張藩の異形の忍者たちが大奥に忍び込む。命を狙われた将軍・徳川家継を大奥同心は守れるのか…シリーズ第2弾。

か111

風野真知雄
江戸城仰天　大奥同心・村雨広の純心　新装版
御三家の野望に必殺の一撃――尾張藩に続き水戸藩も忍びを江戸城に潜入させ、城内を大混乱に陥れる。同心と謎の能面忍者の対決の行方は？　シリーズ第3弾。
か112

文日実
庫本業 あ 26 3
社之

後宮《こうきゅう》の炎王《えんおう》 弐《に》

2023年4月15日 初版第1刷発行

著 者 蒼山《あおやま》螢《けい》

発行者 岩野裕一
発行所 株式会社実業之日本社
〒107-0062 東京都港区南青山 5-4-30
emergence aoyama complex 3F
電話 [編集]03(6809)0473 [販売]03(6809)0495
ホームページ https://www.j-n.co.jp/
DTP ラッシュ
印刷所 大日本印刷株式会社
製本所 大日本印刷株式会社

フォーマットデザイン 鈴木正道(Suzuki Design)

*本書の一部あるいは全部を無断で複写・複製(コピー、スキャン、デジタル化等)・転載することは、法律で認められた場合を除き、禁じられています。

また、購入者以外の第三者による本書のいかなる電子複製も一切認められておりません。

*落丁・乱丁(ページ順序の間違いや抜け落ち)の場合は、ご面倒でも購入された書店名を明記して、小社販売部あてにお送りください。送料小社負担でお取り替えいたします。

ただし、古書店等で購入したものについてはお取り替えできません。

*定価はカバーに表示してあります。

*小社のプライバシーポリシー(個人情報の取り扱い)は上記ホームページをご覧ください。

©Kei Aoyama 2023 Printed in Japan
ISBN978-4-408-55797-7(第二文芸)